U0500317

蒂月的眼睛

何玉恒 著

知识产权出版社
全国百佳图书出版单位

图书在版编目（CIP）数据

希月的眼睛 / 何玉恒著. —北京：知识产权出版社，2018.4
ISBN 978-7-5130-5480-5

Ⅰ.①希… Ⅱ.①何… Ⅲ.①长篇小说 – 中国 – 当代 Ⅳ.①I247.5

中国版本图书馆CIP数据核字（2018）第052820号

责任编辑：李　婧　　　　　　　责任印制：孙婷婷

希月的眼睛
XIYUE DE YANJING

何玉恒　著

出版发行：知识产权出版社 有限责任公司	网　　址：http://www.ipph.cn
电　　话：010-82004826	http://www.laichushu.com
社　　址：北京市海淀区气象路50号院	邮　　编：100081
责编电话：010-82000860转8594	责编邮箱：lijng@cnipr.com
发行电话：010-82000860转8101	发行传真：010-82000893
印　　刷：北京建宏印刷有限公司	经　　销：各大网上书店、新华书店及
开　　本：880mm×1230mm　1/32	相关专业书店
印　　张：6	版　　次：2018年4月第1版
印　　次：2018年4月第1次印刷	字　　数：130千字
定　　价：32.00元	

ISBN 978-7-5130-5480-5

出版权专有　侵权必究

如有印装质量问题，本社负责调换。

声　明

本故事涉及内容均属虚构，如有雷同，实属巧合。

我一直在听你说，但终将被他们改变。

——题词

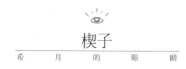

楔子

2007年3月23日，下午五点四十分左右，沉寂的大山里，既没有虫鸣声，也听不见鸟叫声。绿葱葱的竹林就像是一位羞涩的姑娘，显得恬淡而又安静。落日的余晖从她乌黑的发丝间懒懒地洒落在空地上，柔和的光线掺和着竹叶的清香缓缓地融入岁月的余波里。然而，随着一群不速之客的到来，这幅宁静而美好的画面顷刻间便荡然无存了！

不曾想，这一切最终还是提前到来了。来得那么突然、那么让人不知所措，不知所措地就躺在了死亡的十字路口上。

他，睁圆了的眼睛直勾勾地瞪着被自己牢牢踩在脚下的少年，右手紧握着的尖刀，跟他的眼神一样，闪晃着冷冷的寒光。

一股股热腾腾的鲜血，不断地从少年身上数十道又长又深的伤口里流淌出来，他早已浑身湿透，染得周围原本咖啡色的土地一片绯红！

少年俊俏的脸颊上沾满了混着泥土的血液，口里不断地喘着粗气，血迹斑斑的双手费力地在泥土中摩挲着。其实从一开始，他就在做着毫无意义的抵抗和挣扎。

面目狰狞的他，再一次高高举起了手中的尖刀，毫不犹豫地往少年身上扎了下去。在这脆弱的生命即将完结的那一刻，少年并没有求饶，他只是用尽最后一丝力气，睁开了黯淡无光的眼睛，仰起头来，将绝望的目光投向了那个跪在身前的满脸泪水的女孩身上！

2000年，大学毕业后，我顺利通过招警考试，成为滴城县公安局的一名普通民警。平时主要在办公室里负责一些文案工作，偶尔也会去调节一些群众矛盾。我的上司叫王楠，是个正直且有责任心的中年男人，入警二十多年，担任局长一职已有两年。可能是我历来勤恳踏实的缘故，他对我颇为赏识，总会把一些外出学习的机会留给我，惹得同事们对此羡慕不已。

　　滈城县隶属雁山州管辖，本州素来给外人留下的印象就只有两个字：贫瘠！本县又是州里的特级贫困县，落后情形可想而知。这里四周崇山峻岭、层峦叠嶂，到处是黛青色的山脉和紫红色的土壤，外出的许多道路年久失修、坑洼不平，汽车行驶在上面颠簸得相当厉害，并且大多数都是盘山而建，绕上数十圈之后，人们早已是身心俱疲。在这样的地方工作久了，不免会为自己的前途感到担忧，比起城市生活的便利和丰富，自然也就萌生了想要离开这里的念头。我毅然决定等明年最低五年服务期期满后，就抓住州局遴选基层警员的机会，撑开逐梦的双翼，飞往大山外更为广阔湛蓝的天空。

　　但我又不太舍得离开我的亲人。父母在拮据的生活条件下坚持供我读完了大学，而且，我还比别人多念了一个高三，中途可以说经历了许多的曲折。那时候母亲在乡镇的小学代课，父亲在工地上干活，母亲周六、周日还要把自家地里种的大白菜运到县城菜市场上去卖。天还没亮就要起身，她瘦小的身子费力地蹬着加重自行车，骑上近十里的路程赶去县城，下午一两点才能回家。我至今还记得她吃过午饭后一角、一角地清点钱的样子。我工作后，他们俩就只是在小学代课，比以前轻松了不少。

我爷爷还健在，八十多岁，但已疾病缠身。父亲和他话不投机，常常拌嘴。性格温和的我则成了他打开话匣子的最佳人选。从爷爷每次的谈话中，我都能听到他夸赞年轻时努力好学的大伯，巧的是，大伯曾经也是一名警察，还和我们现任局长是同事。除了学历最高的大伯以外，我还有两个姑姑、一个小叔。小叔本来以前读书的时候成绩很好，谁知道高中时常常跟他结拜的兄弟跑出去鬼混，好几天不回家，自此之后学习成绩一落千丈，不得不中途辍学。那时候，滆城有一个臭名昭著的组织叫做星隆社，他们通常都会在右手臂纹上星辉图案，作为钱、权和力量的象征，在青年学生中发展下线，他们把打架斗殴当成家常便饭，而我小叔刚好就混迹在其中。辍学后，他又从我小姑父那儿借了一些钱，在我大伯的帮助下和王局长的妹夫合伙办起了一个烟花爆竹厂，不过两年前（2002年）因为一场意外事故，已经关门了，如今只能在家务农。他们的厂子倒闭以后，遗留下来的制作材料却迟迟没能转卖出去，最后大部分都被调皮的堂兄和表兄们瓜分走了，过了这么久，想必那些材料都已经被他们浪费得差不多了吧！两个姑姑都比我父亲年长，如今已经三世同堂了，小姑与我家是邻居，平日里来往要更频繁一些。

更重要的是，我还有一个漂亮可爱的小侄女，她叫苏希月，是我小姑最疼爱的一个孙女，她最明显的特征就是在那如同沾着雨露般的紫黑色睫毛下，有一双似泉水般清澈明亮的大眼睛，时而还会撑起眼皮怔怔地看着前方，就像在发呆一样。我比她年长十一岁，入职时刚好二十二岁，那时她还在上小学，我时常会像个大孩子一样跟她疯闹在一起。我俩单独相处的时候，她会管我叫"大哥哥"，这虽说是玩笑，倒把我年轻化了，我欣然接受。我本来是想回应着叫她"白雪公主"的，但由于当地紫外线太强，希月皮肤较黑，我只能将她唤作"黑炭公主"。结果这一叫，她跟我怄了半天的气。

我曾因高考失利倍感压抑，整日闭门不出，甚至连呼吸也变得小心翼翼。就是这个时候，希月从南江回到了老家，她的父母正式离婚，今后一直要和爷爷奶奶生活在一起，但幼小的她根本就不清楚这意味着什么，依旧开朗、阳光，甚至是多动。用"风"这个意象来形容她，特别贴切。她经常会来我家玩耍，每次都要问我些脑洞大开的问题，并把我收集了很久的"小珍藏"翻得一团糟。

"你就不能安静地坐会儿吗?"我问她。

她只是俏皮地冲我笑了笑，继续翻动着她的"玩物"。缺少父母管教的孩子真是讨厌，我这样想。于是伸出手去打了她几下，同时用严厉的语气呵斥她。她哭了，但不是像其他的孩子那样一下子号啕大哭。就只是站在那里，任凭眼泪从又大又黑的眼睛里流淌下来，然后低下头轻轻地抽泣。看到这种情况，我突然为自己的行为感到后悔，连忙换了温和的语气哄她。不过她始终都没有再理睬我。

过了几天她才彻底忘掉了之前的不愉快，又跑过来让我教她做暑假作业，时而还会偷偷看着我发呆。点醒她后，又非要缠着我给她画画、唱歌。这些事对于内向的我而言是破天荒的。她还常常会给我讲家里发生的趣事，但有关父母的话题却从不提起。亲戚们偶尔也会拿这件事开玩笑，这时候我总会巧妙地帮她把话题岔开。

我们渐渐变得亲密无间起来，就像是朋友讲的那样:两个性格截然相反的人，一个就像是正电荷，另一个则是负电荷，反而可以相互吸引到一起。看来这句话是很有道理的。小丫头不仅常在我怀里撒娇，有时候连我上厕所也会跟到门外，安静地等我出来。

"如果我掉进水里，你又不会游泳，那你还会不会救我？"有一次，她突然问了我一个奇怪的问题。

"这是什么破问题。"

"你会的，对吧？"

"嗯，因为你是我的幺女儿（宝贝女儿）！"

2000年的国庆节，是警服从绿装更换成"九九"式黑装的重要日子，对于和我一样的新人来说，是很有纪念意义的。

我的同事廖信勇，也刚入职不久。他毕业于北江警官学院，科班出身，有着雄鹰般锐利的眼睛以及高大健硕的体格，一开始就在刑警大队工作，擅长审讯各种狡黠难缠的嫌疑犯。其实我原本也该在警队做痕迹检测工作，但碍于当时的技术条件有限，我被分到了办公室做文案工作。

以后的四年里，我近乎抛弃了所学的专业知识，除了负责起草各种文书之外，还要与形形色色的人打交道。廖信勇当时崭露头角，在局里已是小有名气，不过他跟大多数刑警一样，给人一种锋芒毕露、过于强势的感觉。或许是这些原因，我感觉王局长可能并不太喜欢他。

滴城县乃至整个雁山州地区，大部分人连温饱问题都没解决，更别提法律意识了。再加上星隆社的原因，戒毒所和教管所总是人满为患，许多县、区都有艾滋病蔓延横行的情况。我们县的看守所也关有这种患了病还在坚持涉毒的"瘤子"，但更多的是因为打架斗殴被关进来的"二流子"。这样的环境令人担忧，跟家人再三商量后，我最终还是把参加遴选的想法告诉了王局长。

"不适应这里的工作吗？"王局长平静地坐在皮椅上用粗粗的嗓门儿问我。

"那倒不是。王局，我曾经可是一名优秀的理科生。"我小心地答道。

王局长低下头，没有话说。

"以前大学老师讲电负性的时候，同一周期的元素应该是增强的，但铜和锌却不符合这个规律，老师一时间没法解释清楚这个特殊情况。"

"哦？莫非你发现了原因？"

"其实很简单，因为它们是副族元素，不适用那个规律。铜的价电子结构为 $3d^{10}s^1$，锌的为 $3d^{10}s^2$，可以看出锌的外层已经处于充满电子状态了，很难再得到电子。"

"这些知识我不是很理解，但我知道你一直很优秀，而且文笔很好，现在的工作很适合你。"

我吞下刚要冒出口的话。其实我是想说对这个地方的工作产生了厌倦，但这不应该是一个人民公仆说的话。就在我准备离开的时候，王局长又开口了："我一直对你都寄予厚望，你跟他们不太一样。这次遴选我同意把你名字报上去，好好回去准备吧！"

我一时喜出望外，连忙鞠躬道谢。

"跟家里人说过这个事情没？"

"说过，他们都很支持。"

"那就好。"王局长没再多说什么。

离开办公室后，我心里的喜悦之情就像水上的涟漪那样起伏荡漾，眺望着远方蔚蓝色的天空，久违的斗志又卷土重来了。

下半年，我的名字果然出现在了遴选名单里面，之后顺利地进入了考核。2005年年初，好消息传来，所有考核我都通过了，将在秋季入职州局刑警支队。

希月上初中以后，跟我见面的机会就越来越少了。由于离家比较远，所以她平时都留宿在学校里，要到周五下午上完课才乘坐公交车回家。周六、周日我常常会值班，很少再去辅导她的功课。离开滈城的那天，她已经上高一，原来圆嘟嘟的肚子早已变成了竹笋般、有弹性的细腰，皮肤也白皙了不少，不过如初生婴儿一般干净的大眼睛却一点都没变。

那天早上，我先是去局里与领导和同事们道了别，除了信勇以外，大家都是一阵煽情和祝福。临别之际，王局长拍了拍我的肩膀，语重心长地说道："在哪儿都要像现在这样，好好做事！"

我点点头："您放心，谢谢您一直以来的照顾。"

"没办法，毕竟你是局里面学历最高的人嘛！"王局长开玩笑似地回答我。

回来后，发现亲人们的喜悦之情还是多过不舍的伤感之情的。希月跟我聊了很多幼稚的话题，又送了一个自己编织了很久的艺术结给我。最后她还写了个电话号码塞到我手里，并嘱咐我一定要打电话给她。我当然清楚她给我的号码其实是我姑姑的，要知道在当时，整个学校里面有手机的学生寥寥无几。

到了州局之后，我在刑警支队担任物证检测室的副主任科员一职，过起了繁忙而又普通的生活。不久后才发现这份工作并不比以前的文案工作简单，直到一年后被队里提拔为支队指导员，专门负责刑侦方面的技术工作，才觉得学有所用。

我时常会在空闲时想起希月，她应该还在充满期待地等我给她打电话，她想必有很多新鲜有趣的事急着想要告诉我。这时候我很想拨通那个号码，但最终还是没有动手，不可否认，内心胆怯是一个原因，更重要的是，我不只有她一个侄女，我不能让姑姑觉得我单独对她有种偏爱之情。

父母在我2006年春节回家的时候就下了死命令，三十岁之前务必成家，我一边敷衍着一边在想接下来要面临的一系列现实问题。应该先在州府月城市买套房子，然后再把父母接过去过安稳的日子，但我觉得自己对"幸福"的理解已经不再那么功利，对这边的亲人朋友又总有种依恋之情，尤其是希月，所以一直未果。这很可能是一种畸形心理在作怪，但我明白自己的思想里并没有任何邪恶的念头，于是也就顺其自然了。

这次回家，我给每个小辈都带了点东西，但我还是发现希月对我的态度变了很多。她看我的时候显得很冷淡，也不主动和我交谈了。此外，她还很少出门。我猜想，可能是由于一直都没联系过她的原因，她觉得我并不在乎她，早把她给忘了吧！

　　春节后，我照常回到岗位上，按部就班地值班、培训，偶尔也会负责一些队里的会议准备工作。升职后不久，波澜不惊的一年又从我身边溜走。年关时一旦遇到案子，假期也就会被取消，刚好今年我们就遇到了，回家的计划只好作罢。家人听我解释后倒也没有太多的抱怨，只是说以后机会还多的是。还真被他们说中了！我接到一项特殊的任务，要回到滈城县协助当地公安局调查一起凶杀案。临行前，我看了下日历：3月27日。再过两个多月，希月就该高考了！

驾车的是我的下属葛辉，他是个优秀的法医，去年秋季刚刚入职。这次按照州局的安排，随我一同赶往滆城县公安局开展一起凶杀案件的技术援助工作。

阳光熹微，映得米阳雪山上面白茫茫一片，格外耀眼，放眼望去，根本分不清哪些是云哪些是雪。我们俩绕着圈从坑洼不平的盘山公路上驶过，一路就像是簸箕里面的两粒黄豆，上下颠簸了将近五个小时才到达滆城县城。当汽车肆意驰骋在平坦的柏油马路上的时候，我终于长舒了一口气。

"指导员，是这条路，没错吧？"葛辉问。

"嗯。"我点点头。

近几年里滆城县城的变化很大，先是鳞次栉比的新建筑平地而起，紧接着老旧的水泥公路摇身一变，成了开阔的柏油马路，城区内呈现出一片商业兴旺的景象。作为一名土生土长的本地人，我心里暗自为这种变化感到高兴。

"没想到这里的生意也能做得这么火爆！"吆喝声中，葛辉被地方小吃所吸引。

"这一段的商家主要是托滈城中学的福！近两千人的生源，不愁没有生意。旁边这条环城路，两侧开有很多餐馆，一直通到老街那边的菜市场，平时很多菜贩都会赶来这里吃午饭。"

"难怪局里会派您来负责这个案子了，我敢打赌队里没人比你更了解这个地方！"

"你看，这边的少数民族居民比月城的多。"我用手指了指车窗外说道。

他往外看了看行人的穿着打扮，说道："还真是蛮多的，随处可见！"

"而且是纯天然的！"

"指导员，我觉得这里才算得上是真正的山城！"葛辉感叹道。

　　我想这里顶多也就能被称为"山镇"，离"城"这个称呼还有很遥远的一段距离。县城设有城镇公交路线，起点是位于县城北边的澜穹镇，终点是南边的米阳镇。公交车一般从早上七点到晚上九点都会正常运营。

　　滴水镇是滴城县城，算得上是县里最大的一块平地了，靠东有条大河，滋养着成片的农田，每逢初春，农田里的油菜花和稻苗青黄交错，成了这里最亮丽的一道风景线。靠西则有座草木成荫的大山，自从退耕还林以后，人们基本上就很少再上这座山了。山下有一条丝带般的巷子，绕着山脚往西南方向延伸了一段距离，它刚好将山脚下的人户区分为了两半。人们管这条巷子叫水泉眼巷，这个名字来源于巷口公路边的一个井眼，如今这个井眼还在源源不断地往外涌着清泉，附近一些居民偶尔还会在这里洗菜。水泉眼巷的巷口实际上是一段陡坡，上去之后首先是一个岔口，往左走是人户区，往右拐则可以直上西山。巷口对面就是滴城中学，并且离校门很近。

　　之所以要讲这么详细，是因为本次的案发地点就位于西山。快到位于老街的县公安局时，我提前打了个电话。接待人员把我们接进了那个我曾经工作过五年的地方。穿过院子，我们径直来到了会议室。刚推开门就听到一阵热烈的掌声，让我有点不知所措。

"王局好！"我带着葛辉先跟老上司——王楠局长打了个招呼。我发现他的样子基本没变，还是花白相间、长短适宜的头发，干练、老气的宽脸，眼神依旧十分尖锐。

"云霆，欢迎你回来！这位是葛辉吧！你们两位快请坐。"声音也依旧还是出自那个粗粗的嗓门儿，一点儿也没变。

我在靠近王局长的位子上坐了下来，葛辉坐到我旁边，对面大部分是熟悉的面孔，只有两三个新面孔我不认识。最引人关注的当然还是廖信勇，我离开的时候，他担任副大队长还不到一年，现在已经晋升为大队长了，足以说明他的聪明能干。

等大家差不多都熟悉了，王局长才开始谈论起案件相关的事情来："县里的情况你是知道的，技术人员严重缺乏，省里配发的办案设备一直闲置在那边。这次的案件比较严重，跟以往的都不一样，不动用高科技怕是查不出什么线索，我们的法医工作是由县医院的医生完成的，他不够专业，推测不出具体的死亡时间。"

我点点头，回答说："时代在进步，利用科技破案是大势所趋，县里也应该要加强这方面的人才培养才行。这次来，州里让我们全力协助这起案件的侦破工作，结案后还要写份详细的调查报告递交给上级才算完成任务。"

王局长随即示意廖队长给我们介绍案情。只见廖队长不慌不忙地打开记录册，陈述道："2007年3月26日，农历二月初八，星期一。北京时间早上九点左右，一个农民在西山一片松树林里割草时发现一具血肉模糊的死尸，马上下山报了案。我们赶到现场后，发现杂草丛中覆满血迹的尸体已经开始腐烂，同时周围还沾染着大量风干的血迹。死者中等身材，身高在一米七二左右，体重约65公斤，结合伤口形状分析，明显是被锐器砍杀且面部损毁严重。现场没有留下任何打斗过的痕迹，倒是在附近发现了一些焚烧东西过后遗留下来的灰烬。"

"现在有什么初步的调查结论了没？"葛辉提出问题。

"这些灰烬极有可能是凶手烧毁死者衣服或者是身上的某些物品之后留下来的，另外，我们在离松树林不远的竹林空地处发现了大量被掩盖过的血迹，结合种种迹象分析，基本上可以断定这里才是案发时的第一现场。我们仔细勘察过周围的脚印还有车辙痕迹，但是很杂乱，没有什么实质性进展。医生统计过尸体身上的伤口数量，总共有四十七处！根据创口形状判断，作案工具极有可能是西瓜尖刀这一类的刀具。正巧，前一天早上，也就是25日，已经有人报过案，说他的儿子离开学校已经一天两夜没回到家了。死者的面目无法辨认，想要验证是否为同一人，只能进行死者和失踪者的基因或指纹比对。"

"四十七处伤口……正常情况下，想必不是一个人能做的。"我说道。

"目前还不太好确定，但可以肯定，凶手为了不让死者身份曝光，在其死后又进行过残忍的补刀行为。现在尸体已经有些腐烂，衣物也已经被烧毁，想要通过认尸来确定身份明显是不可能的了。"

"失踪的那个人是什么身份？"我又问。

"叫黄尔吉，是滆城中学高三（五）班的学生。他家住在零关镇。"

我对葛辉说："你去查看尸体，我用他们提取到的血液进行基因比对。"

"好的。"葛辉点点头，然后跟廖队长一起去了医院。

　　他们走后，我们也散了。王局长等大家都离开后，才开口跟我说："你这次回来可以跟家人好好聚聚了。"

　　"我电话里跟他们说过，等任务完成以后再回去看看。"我答道。

　　"那边就是检测室，提来的死者血样就放在里面。"我们一边聊着一边走到了靠北的屋子。王局长用钥匙帮我把门打开，说道："这里面的东西都没用过，还是新的。"

　　我看了看里面的摆设，虽不至于用杂乱无章来形容，却也让人无从下手。

　　"需要做些什么准备工作？"

　　"只要溶解部分血液，提取出它的DNA，再用数据程序与失踪者的基因序列进行比对就可以了。我们车子的后备箱里放着一部手提电脑，上面装有相应的软件。"我一边整理要用到的试剂和仪器，一边回答王局长的问题。

　　"我们目前只有一些失踪者的头发，没有他的基因信息。"

　　"头发也是可以提取出基因的，您放心。而且我们明天还会去他家里提取指纹进行比对。综合两者的结果，准确性可是非常高的。"

王局长满意地转身离开了。我开始全神贯注地摆弄起各种耗材和试剂，用了一个下午的工夫终于得到了两组基因序列，通过比对后发现它们的相似度高达91.13%。

葛辉回来了，把从尸体身上提到的指纹交给了我。我打趣他说："我们俩早已经错过晚饭时间了。"

"别提了，指导员，我早就没食欲了，尤其是肉食。"从他的话里可以听得出尸体令人恶心的程度。

"死亡时间基本确定在了3月23日的下午五点到晚上八点之间。"

"很好，干得不错。"

"接下来该做什么？"

"当然是先去吃饭了。我跟廖队说过，明天早上去黄吉尔家提取指纹，完了之后再去现场看还有没有什么线索。"

葛辉愣了一下，然后跟着我离开了警局。晚饭后，我把房间钥匙交给他。县局早已经给我们在宾馆安排好了住处，晚上可以好好休息了。

（二）

　　第二天早上，我们俩连同刑警队的同事一共五人，赶到了零关镇黄尔吉的家中。那是一幢有点老旧的半水泥砖、半土木结构的房子，典型的20世纪70年代初建、90年代修缮的结合体。廖队长率先敲门。不一会儿，一个40多岁的妇女把暗黄色的木头门打开一角，探出头来用好奇的目光打量我们。她个头比较矮，皮肤黝黑，扎的马尾辫微微外卷，眼袋比较明显，嘴角有些脱皮，我猜想她应该是黄尔吉的母亲。

　　认出廖队长之后，她才打开门招呼我们进去。廖队长仔细地给她说了我们的来意，她一言不发地只是点头。水泥坝上还坐着两个孩子，一男一女，男孩稍年长，看到我们后显得有些不好意思。女孩一边用好奇的眼神看着我们，一边不紧不慢地编织着手里的竹篮。

总共是一间正屋、两所偏房，正屋里面光线昏暗，孩子们的祖母怀抱着一个一岁左右的婴儿坐在长凳上。我们进去后，老人用诧异的目光望着我们。黄母私下跟她说了些什么，她便抱着孩子走出去了。

我连忙跟黄母说："没关系的，我们只是去黄尔吉睡觉的地方提取指纹，你们按平时的习惯做事就好。"

他们安静地坐在外面等待着结果。一切都很顺利，通过提取到的一枚轮廓清晰的指纹与死者指纹的快检比对结果，相似度高达92.82%。加上昨天下午的基因比对结果，证明死者正是黄尔吉。这户人家原本应该有七口人，可现在就只有六口人了。

"去通知孩子他爸，把尸体领回来火葬吧！"廖队长沉重地通知黄母。听到这句话，黄母当即瘫倒在了地上。

黄尔吉是黄家长子，他的父亲黄兴元在砖厂打工，是典型的体力劳动者。家里还种有不少田地，农忙时全家人都会下地干活。但黄父思想并不保守，他坚持要通过自己的努力让所有的孩子都能接受教育。

黄尔吉的母亲和祖母都是勤劳本分的妇女，面对陌生人虽然显得很拘谨，但是到了田间都是一把好手。黄尔吉的弟弟叫黄尔达，已经念初三，就读于零关中学。小妹黄薇，今年就要小学毕业了。他们家去年刚刚才新添了一个男孩。

我不敢想象确认黄尔吉被害的消息对他们而言意味着什么，大家扶起黄尔吉的母亲，让她坐在靠墙的凳子上。她慢慢缓过气来，哭出了声。这种情况下，廖队长只好让黄尔达去叫回他父亲。

半晌之后，父子俩急匆匆赶回来了。瘦弱的身材，布满皱纹的蜡黄色的脸，花白的头发，可能是脸上没什么肉的缘故，两只眼睛有种凸出来的感觉。黄尔吉的父亲黄兴元下意识地举起手拍掉脸上和蓝紫色补丁外套上的灰尘，又抹了抹干燥的嘴唇。看得出来，他有抽烟的习惯，然而这并不奇怪。

他用木讷的眼神望着妻子，听廖队长给他介绍情况，直到讲完了，他还站在那里一动不动，半天不说一句话。警队的人连忙做起了心理安抚工作，黄兴元耷拉着脑袋，连哽咽的力气都没了，但我看见，他的眼里已经噙满了泪花。

他们的情绪平复以后，才跟我们坐上警车，先去局里回答一些问题，再到医院领回尸体。

"现在人已经没了，关键是要找出凶手，不能让孩子死得不明不白。"廖队长希望黄兴元夫妇能够把黄尔吉的情况详细告诉他。

"我儿子尔吉……"黄母眼睛里噙着泪水，声音颤抖地讲述着。我的同事递给她一杯水，但她没有接。"他是个很不错的孩子！虽然脾气大，偶尔会在外面惹些祸，但是很孝顺，家里的活总是抢着干。他说工作以后要用第一笔收入给奶奶买个睡椅，那样奶奶就不会在坐着的时候因为打瞌睡摔倒了。他……还说要给我买台洗衣机……给他爸爸买最好的烟，要供弟弟妹妹读书……"说着，她又开始呜咽起来。我一时也感到很辛酸，于是就起步离开了讯问室。

张荣警官带我们去查看了现场，金灿灿的阳光倾泻在暗黄的山地上，微风轻轻地从松树林的缝隙间穿过，就快要淹没双膝的杂草还在晃荡个不停，仔细观察，还是会发现有少量暗红色的血渍沾在青绿的苗秆上。但案发时间已过五天了，想要从中提取到凶手的线索几乎不可能了。对于现场燃烧遗留下来的灰烬，我的看法和廖队长是一致的，应该是凶手为了掩饰死者的身份，烧掉他的书包、书籍或是一些具有身份特征的衣物之后留下的。

回来的时候已是傍晚时分，黄兴元夫妇刚离开不久。我把记录交给廖队长，他感慨万分地跟我说："辛苦了。凶手真是害苦了这家人！这一整天他们都沉浸在悲伤中！现在任何的蛛丝马迹都可能成为破案的关键线索，我要尽快给他们一个交代。"

但我并没有太在意破案的相关问题，毕竟我只是提供技术援助，查案是当地警队负责的事情，不在我的职权范围内。

刚走到昏暗的老街上，手机突然响了起来。是母亲！她第一句话就问："你在哪儿？"

"我在警局外面，刚办完事，明天抽空回家。"

她在另一头快速说道："我们在县医院。你爷爷病得有点重，你先来一趟吧！"

我一时着急起来："好的，我马上赶过去。"

事出突然，我没来得及跟葛辉说明情况，就一路小跑着来到医院，母亲已经在门口等着我了。寒暄的同时，她带我来到了简洁干净的病房，爷爷正躺在床上打点滴，微微发胖的父亲坐在旁边看护着。

"怎么回事?"我走过去问道。

爷爷听到我的声音,睁开眼睛望着我,看得出他看到我来很高兴,但以他当前的状态,根本无法回答我的提问。

父亲告诉我:"高血压引发的突然晕倒,检查时又发现他患上了糖尿病。"

父亲接着说:"测过两次血糖,都挺高的,医生说要留院观察几天。"

"哪天回来的?"爷爷终于开口了。

"昨天中午。"我告诉他说。

母亲递给我一张纸:"你拿着这张处方去药房把药先领了。明天中午如果有空的话,就过来照看你爷爷打点滴吧!我跟你爸爸都要代课,耽误太久学校难免会有意见的。"

"好的,我这几天应该都不会太忙。"我理解父母的难处。

"希月到时候会送午饭过来,本来你姑姑说是要让她帮忙的,我怕耽误人家学习,所以还是让你来照顾要好一些。"听母亲这么一说,我心里掠过一丝紧张,不过很快又恢复了平静。我点头表示认同,然后拿起药方下楼去寻找药房。

这时候，我碰巧看到了刚挂到号往外走的王楠局长，连忙主动走上前去跟他打了个招呼。

"你怎么在这儿呢？"他问我。

"我爷爷住院了，过来照看他。"

"病得严重吗？住哪个病房？"

"高血压和糖尿病。在内科207病房，他现在状况挺好的。"我又转过来问他："王局您也有糖尿病，是过来开药的吗？"

这点我记得很清楚，以前过节的时候送过他一些蜜橘和雪梨，结果没有被接纳。他后来才跟我解释说自己患了糖尿病，不能吃甜食。

"我的病现在控制得很好，已经不轻易吃药了。"他摇了摇头回答我，然后又说："也不知道为什么现在有这么多人得这个病。"

王局长告诉我，是他的妻子患了胃癌，现在病情加重，他下班后带她过来打点滴。我以前跟他相处那么久，居然都没有听他提起过这件事。

"我当年和你一样，刚入职不久，总是心比天高，想成为一个有地位的大人物，于是把时间都投入到了工作里面。

有时候为了破案，一两个星期都不回家，完全忽视了家人的感受。后来，父母离开了人世，一直任劳任怨照顾女儿的妻子也被查出患有胃癌，我才意识到自己亏欠家人太多了。这几年，我推掉了大部分工作上的应酬，带着妻子四处寻医，几乎花光了所有的积蓄。再说了，我还得照管女儿不是吗？她今年已经读高三了，我不能让她分心。不过要支撑起这一切真的是太不容易了。"

"王局……"我想说些什么，却又说不出口。

"我早想开了。虽然知道她患的是绝症，我还是要陪她走到最后，或许奇迹会出现。还记得当初你说想去州局工作的时候，我是怎么问你的吗？亲人是最宝贵的财富，你早晚会明白这个道理。"

我点点头，然后又问了王局长妻子的病房号，这才找到药房取了药。

晚上，我本来打算买点东西去探望王局长的妻子，没想到王局长却先我一步，来到了我爷爷的病房。他手里拎着些水果，微笑着跟我爷爷问了好。我爸妈已经回去了，病房里只剩下我们三个人。

王局长放下东西后，开始跟爷爷拉起了家常，大多是跟我大伯一起工作时候发生的事情，很多我之前都没听说过。很久之后他才离开，我知道他明天还要按时去局里工作，没时间照看妻子，于是跟他说："明天我去嫂子那里帮忙，您尽管放心。"

"你明天不过去了吗？"

"我的工作差不多都完成了。有葛辉在那边记录调查情况就够了。"

"那就麻烦你了，下班后我会尽快赶回来的。"

王局长走后没多久，我接到了葛辉打来的电话："指导员，你回家了吗？怎么也没说一声。"

"没有，老爷子病了，我在医院里照看他。刚要给你打电话，你明天去看看案子有什么进展，只要一结案就回州里了。"

"结案？怕是没有这么容易。廖队他们今天得到的口供虽然花了大量的时间，但用处不太大。明天还要去滆城中学调查。"

"耐心点吧！你到时候跟他们一起过去，把办案过程记录一下。"

"知道了。"他嘟囔着挂了电话。没办法，谁让我是他上司呢！

　　第二天早上，我先去了王局长妻子的病房。这才知道王局长的妻子叫张惠兰。她是个和蔼、纤瘦的妇女。听了我的自我介绍，她缓慢地坐起身子，想要向我道谢，我连忙拦着让她躺了下来。

（三）

希　月　的　眼　睛

我算好一组液体流完的时间，在两个楼层的病房来回走动，帮助两个病人更换各自的四组不同液体，等到结束的时候，居然已经过了午饭时间，我索性守着张惠兰女士吃完了午饭才回到爷爷的病房。

"今天这液体输得真慢……"我正在跟爷爷说着话，突然瞥见了门口有一个纤长的身影，我抬起头望了过去，是希月！她穿着洁白的短袖休闲衬衫，扎着黑亮的长辫子，穿着浅黄色运动短裤，精致的五官两条白皙修长的腿显得格外迷人。她快步走了过来，放下肩上的粉色双肩包，冷冷地叫了我一声，然后走到爷爷床前，把饭盒取出来。

"我来吧！"我轻声对她说。接饭盒时，我闻到了她身上淡淡的护肤霜味道。

我问她吃过饭没，她没有回答，只是点点头。等我也吃了一些饭菜后，她才跟爷爷说："太爷爷你好像还要吃药吧？"

　　我这才想起来还要喂爷爷吃降压药，希月帮忙倒了杯水，我按剂量取好药品，给爷爷服下。然后她又坐回窗边，用手托着腮帮，若有所思地望着远方，她那双充满神韵的大眼睛似乎暗藏着一种说不出的忧郁，就像是有一朵愁云正萦绕着她。但她现在对我并没有什么好感，所以我不太敢仔细地观察她。我也想试着问问她最近的情况，但由于太久没跟她交流过的原因，始终还是羞于开口。过了一会儿，爷爷睡着了，希月拿起书包准备走，她下午还要上课，因此，我没有挽留她。

　　我送她走到楼道，中途一句话也没说，再加上是午休时间，楼道里出奇的安静。她似乎想起了什么，从包里拿出一本书翻动起来，有张纸从书里滑了出来，掉在楼梯上。我反应素来灵敏，立即弓下身子准备伸手去捡，没想到几乎是同时她跟我做了一样的动作，并且速度比我还快，见到我伸手，她下意识地准备缩回原位，也就是这一举动，我们俩的嘴唇竟意外地贴到了一起，整个过程最多也就一秒钟，但我还是能感觉出她柔软的嘴唇微微有点湿润。我们俩不知所措地移开了一段距离，气氛显得有些尴尬，我一时竟不知道如何化解这个尴尬的场面。

还是她先捡起了那张纸，就像什么都没发生过似的递给我。原来是这两天的缴费清单，看到这个，就意味着又要去缴费了。我取出钱包，把清单放了进去。这时，希月送我的艺术结从钱包里面露了出来，她注意到这个细节，目光不自觉地投向了我的钱包，脸色开始有所缓和。我连忙收起了老旧的钱包，其实这两年来我一直都把这个东西带在身边，只是从来没在人前展示过罢了。

"唇膏？"我恍恍惚惚之间不知道该说点什么才好，只是依稀感觉到嘴唇上的湿润感还没褪去。

"嗯。"她羞涩地回答了我，然后快步走下楼去。

虽然只是短短的一个字，但这是她近两年来第一次正面回答我的提问，我感到很高兴。

下午我照旧来回奔走在两个病房之间，照顾两位病人。鉴于老爷子晚上经常出现失眠的情况，我又去找医生给他开了一些安眠药。张女士的情况倒是有了明显好转，已经可以独自完成液体的更换了。王局长下班看过她后，心情明显比昨天好了不少。他告诉我说案情有了些眉目，被害人还有个同班同学已经三天没去上过课了，可能跟这件案子有一定的关系。

"没去这个学生家里查看吗？"

"今天询问黄尔吉在学校的情况时，学生们普遍都很不配合，浪费了很多时间。后来又和那个叫林浩的失踪学生的父母沟通了很久，还没来得及去他家里调查。"

"这不太像廖队以前的作风啊！"

"他们这些天都在跑路，也有疲惫的时候。"王局长照料好妻子后，就跟我并排坐在了楼外的长椅上，他一边抽着烟，一边给我讲一些细节。

"黄尔吉星期五一整夜没回家，家里人第二天就打电话给老师了，没找到人，然后才到警局报的案。周一上课那天，林浩其实就已经没去上课了，但由于是高三下学期，老师怕对学生的心理状态造成影响，都尽量不去责备同学，有部分优等生已经开始请假在家里自习，不去上课了。林浩是个不折不扣的差等生，他有没有去上课自然也无人理会。"

"这个林浩是哪里人？跟黄尔吉的死有什么关联呢？"

"目前有两种可能性，一种是他参与杀害了黄尔吉，然后畏罪潜逃了。另一种是他也和黄尔吉一样，被人杀害了。他们家在澜穹镇也算得上是数一数二的富户吧！镇上有几间门面房是租给别人的，爸妈都是在外地做买卖的大老板，从小就没怎么管过他。本来他以前还有爷爷奶奶看管的，但这孩子的叛逆程度大大超乎了他们的想象，老人后来也干脆撒手不管了。"

王局长好像又想到了什么："孩子们法律意识薄弱，对我们的工作很不理解，我跟滴中教务主任商量了一下，想给他们举办一个简单的知识讲座，打消他们心中的恐惧和顾虑，以便今后工作的开展。"

"嗯，这个主意不错。"

"这个事就交给你了。"

"王局！"我一惊，连忙摆手："这种事应该交给局里的同事去做。"

"我是认真的。局里的人都有各自的工作，而且他们的学识和口才跟你比起来差多了。那里也是你的母校，你不想做点什么吗？"

王局长的话让我无力招架。最后我只好从嘴里挤出几个字："什么时候？"

"下星期一吧！升旗仪式之后。"他吸了口烟，抬起头望向了灰蒙蒙的天空。此刻，医院外面的街道上安静得出奇，从梧桐树上传来阵阵的乌鸦嘶鸣声，听起来格外刺耳。

星期五，距黄尔吉遇害已满一周了。不知什么原因，从起床开始，我就一直惶恐不安，仿佛有种不好的预感。我暗想，大概是下星期一要在那么多人面前讲话的缘故，难免有些紧张吧！

上午九点半左右，姑姑过来了，她说今天姑父在守店，就抽空过来看看爷爷和我。交谈中，她难免会提到希月。我开始不自觉地担心起来，也不知道昨天的事情有没有给她造成影响，虽说那是个意外，但对于她这个年龄段的女生而言，毕竟不算小事。

一阵突如其来的手机铃声打断了我的思绪，是葛辉打来的电话。他在另一头用急促的语气告诉我："指导员！又出命案了，你快过来一下！地址是澜穹镇东乡村三组二十五号，我在路边等你。"

我连忙托姑姑看护爷爷，然后去局里取了检测设备，挤上公交车往案发地点赶去。其实我们的车就停在警局里，不过我并不会开车。

赶到事发地点后，葛辉一边给我引路一边讲："今早我跟廖队长他们过来的时候，林浩家的门窗都是紧锁的，我们找了开锁师傅帮忙。内室的门刚打开，一股腐肉的味道就扑鼻而来。"

死者家的住房比较高大，二层楼结构的洋房，外面是用水泥砖堆砌起来的院墙。庭院里堆放着一些杂物。楼下正屋一厅三室，两边偏房分别是浴室和厨房。走进案发的房间后，一具胖硕的腐尸呈现在我的视野里，充溢着难闻的味道。我们捂住鼻子，开始提取有价值的物证。遗憾的是，我并没有提取到除死者以外其他人的指纹信息。

葛辉的尸检有了结果，他说死者身上的伤口形状与黄尔吉的基本相同，换句话说，两人可能死于同一种凶器。尸体周身有大小不一的伤口，共计九处，其中背部脊梁骨处和颈部的伤口很深，颈动脉被扎断是致死原因，背部伤口还存在二次创伤的情况。

"二次创伤？解释一下。"我问他。

"就是说后来又在这个伤口部位补过刀。出现这种情况其实并不奇怪，凶手在行凶过程中很容易受到潜意识的支配，在紧张的情况下，或是一开始就怀着将对方置于死地的目的，通常都会连续出手，从而造成同一处伤口的二次创伤。"

以现场情况来看，所有的财物都没有被动过的痕迹，基本上可以排除是歹徒入室抢劫时引发的凶杀案。令我们吃惊的是廖队长他们从死者的书包和卧室的书柜里翻出了不少的黄色小说和暴力小说，随后又在客厅的柜子里发现了大量的色情影碟。此外，我还用鲁米诺试剂在院子的水泥地上发现了一部分用肉眼看不出来的血迹。

"可以推测出死亡时间吗?"廖队长问。

"从腐烂程度来看，应该也有一个星期了，具体的时间还需要去医院做一些解剖才能确定。"

我觉得这个案子毫无疑问加大了上一起案子的调查难度，应该立刻将复杂的情况向州局领导汇报，等候他们的指示。很快，他们回复说让我全力协助调查，直到案件侦破。周六那天一早，王局长就把妻子从医院接回了家，我知道，一连发生了两起命案，他压力很大，是想火力全开，专心应战。我爷爷则被确诊为2型糖尿病，服用降糖药后血糖基本稳定下来，明天就可以出院了。

上午十点整，王局长召集了所有人，宣布他的决定："由于葛辉同志已经确定了第二个死者的死亡时间也是3月23日，所以我们就以'三·二三'凶杀案来称呼这两桩命案。面对来自各方面的压力，局里决定抽调具有丰富办案经验的民警和协警成立专案组，周六、周日照常出勤，全力投入本案的侦破工作。现将专案组成员名单公布如下，负责人：廖信勇，刘浩。组员：罗兵、阿加小来、陈涛、张荣、张小飞。协助技术员：暮云霆，葛辉。现在有什么看法可以马上提出来。"

"我先说明一下，虽然两起案件都是发生在同一天，但是第二起案件，死者的死亡时间是在晚上七点到十点之间，明显比黄尔吉被杀要晚一些。"葛辉阐明了自己的尸检结果，包括伤口的形状等细节也客观地复述了一遍。

"看样子可能是一起连环杀人案。"副大队长刘浩抛砖引玉地提出了自己的看法，"两个死者互为同班同学，死于同一种没有留在现场的凶器，而且全身都有多处砍伤，极有可能是同一个人或同一伙人所为。从时间上分析，他们应该是在西山砍杀了黄尔吉以后，才赶去澜穹镇杀害林浩。"

"有一定的道理，"廖队长接过他的话茬说："死于同一种凶器基本上是确定的，但伤口的数量和创伤程度明显有差别。"

"不同的情况下，即使是同一个人，出手的轻重都不可能是完全相同的。"刘浩解释说。

"对其他的线索怎么看呢？比如院子里检测出来的血迹。"罗兵问道。

"现场留下来的血迹都是死者的，院子里检测到的部分可能是凶手在擦拭或者清洗地面的过程中遗留下来的。"我回答说。

"既然要去擦拭这些血迹，必然就有想要掩饰的目的。"廖队长猜测。

"大概是去冲洗身上的血液时，留下了一些运动轨迹。"我推测道。

"十有八九是这样的。不过就算他冲洗了身上的血迹，衣服上的血迹怕是弄不干净的。死者大动脉出血，体形又肥大，一定会有血液喷洒在凶手的衣服上。我们不妨在案发现场周围仔细找一找这方面的线索。"廖队长回应说。

张荣这时也开口了："我倒是很认同刘队刚才的推理。两起案件不仅作案方式相同，而且凶手也没有留下指纹之类的信息，应该是早有思想准备的。试想，凶手能够进入内室行凶，极有可能是熟人作案，不妨从这条线入手，查一查两位死者都有什么样的人际关系，只要能从熟人中找到同时具备动机去杀害他们俩的人，就会有很大的收获了。廖队你觉得呢？"

廖队长点点头："嗯！下午我们就去学校摸清底。"

"今天是周六，队长！"众人提醒他。

"该死！王局，方不方便联系一下学校的老师或者领导？"

"上次你们去的时候就已经麻烦过他们了，这次还是从学生身上入手吧。他们平时相处也比较多，知道的内情更多一些。周一早上，云霆会去学校举行个安全教育讲座。信勇可以趁热打铁，在那之后问话。注意，只是了解情况，不要像上次一样兴师动众，弄得跟审犯人一样。"

"周一？现在这两起命案已经在学校炸开了锅，学生们放学后都不敢单独回家了。再过几天，受害人的家长又该带着媒体过来给我施加压力了！"廖队长一时感觉很苦恼。

"这点我比你更清楚。不过你可以查的地方还有很多，比如说凶器的来源、死者的亲戚朋友、死者案发当天的行踪等，查清楚后整理一份两位死者的关系图来交给我，要清楚地列出两个死者各自有什么仇人，综合起来看有没有交集部分。至于滈城中学，它的负责人是什么背景你们比我更清楚，该收敛的就要有所收敛才行。"

廖队长连连点头，然后带着组员们悻悻地离开了。他们走上警车后，回头跟我说："暮警官，你和葛辉同志就不用去了。"其实我也知道，只要不是涉及技术方面的工作，我们俩就会被闲置了。

"指导员，滈城中学的校长究竟是个什么样的人物啊？"等他们走了，葛辉才好奇地问我。

"他？"我一边走一边低声说："副省长的兄弟，曾经当过外县的县长。"

"我的天！"他一脸难以置信的表情。在他眼里，"副省长"三个字是何等的高贵。在我看来，那不过是一个与大学校长同等级别的职位。

"这种人不是我们该议论的。他嗜酒成性，喝醉了以后就会失去理智，变成了流氓，要不是他哥保他，你现在就只能在监狱里见到他了。"我点到为止。

"对了，老爷子出院了吗？我还没去探望过他呢！"

（四）

　　我没能拦住他，只好等他买了些东西，随我一起赶去医院。一路上，这位从城里来的年轻人对低档而原始的交通工具——马车，产生了浓厚的兴趣。

　　"真想坐一下马车，应该挺好玩的。"他指着身边一辆拉煤的马车，像个孩子一样跟我说。

　　"这辆不行，是用来拉煤的，很脏。其实也没什么好玩的，我们小时候经常会扒马车，就跟骑着自行车在山路上颠簸晃荡是一个感觉。"

　　看过爷爷以后，母亲让父亲留下来照顾爷爷，要我带上葛辉回家做客。结果葛辉碍于情面，半路借故开溜了。我和母亲只好两个人乘坐公交车赶回家。在车上，我呆呆地看着车上写的站点名称，从澜穹镇到零关镇，中间相距了将近二十公里，却因为两件命案把它们紧密地联系到了一起。

我家刚好落户在零关镇和米阳镇之间的中点位置，家门口有一座大桥，不过桥下的河流自我记事起就已经断流了，只有在夏季下暴雨时才会有蓄积着污泥的河水冲下来，以前我和希月常常会在晚饭后来河坝里捡石子，现在两岸的堤坎早已经被冲毁了，干涸的河床也被挖得遍体鳞伤，周围倒是兴建起了不少的打石厂。

家后靠东方向有一座龟形的山丘，山下是大片土地，山后则是大片农田。当地人管这座山叫作"大孤山"，与另一座"小孤山"相对应，都是孤立地立在土地上。由于小孤山上埋有许多烈士的遗体，所以现在改建成了烈士陵园。除了这座孤山以外，剩下的都是些高耸绵延的群山，作为案发地点的西山就是其中之一。

我家的北面就是姑姑家了，姑父是做批发生意的，在零关镇开了一家小店，家境还算富裕。他有一辆摩托车，已经开了十几年，专门用来取货送货。他叫苏群，本来是外地人，结婚后才跟姑姑来这边定居，一晃已有几十年，早已经融入这个大家庭。他这个人很随和，对孙女更是宠爱有加，如果说每个家庭在教育孩子方面都有一个唱白脸的人物和一个唱红脸的人物的话，那他很明显就是那个唱白脸的人。此外，他跟我小叔的关系还十分要好，曾经还被我小叔蛊惑加入过星隆社呢！照他们的话来说，他们可是共同经历过生死的好兄弟。

我姑姑暮清红是我父亲的二姐。我还有个大姑，她叫暮清紫，一家都在外地做生意，年关时才会回来一趟。小姑家育有二男一女，都比我年长，希月是我二表兄苏从俊的小女儿。从俊在南江经营美容店的时候娶了一个南江女子为妻，并且生下了一个儿子。后来他回到老家发展，说自己已经离婚了，家里人又给他介绍了新的对象，也就是希月的母亲。交往一段时间后，他们举办了婚礼，生下了希月。结果从俊没过两年又回到南江去重新开起了美容店，很久都没回过家。希月的母亲只好带着女儿去找他，这才发现，他跟原来的妻儿早已经又生活在一起了，自然也就彻底闹翻了，虽然最后事情解决了，但也意味着希月成了一个不幸的孩子，她至少得同时去面对缺少完整的父爱和母爱这两个现实。这样看来，我在她心目中如父如兄一般的重要地位也便不难理解了。

闲谈中，母亲告诉我，希月已经不像小时候那样好动了，她每天都有做不完的试卷，每周六还要去县艺术舞蹈班学习跳舞。

吃过午饭，我打算出去好好转转这个我最熟悉也最有感情的地方。大概是被上楼拿东西的姑姑看到了，她叫起了我的名字，让我去她家坐坐。盛情难却，我只好答应了。这边的房屋普遍都搭有水泥砖围起来的院墙，里面会留出一个庭院，天晴时可以晾些东西。

院子的大铁门开了，开门的是希月，她冲我微微一笑，就掉头跑回屋里。姑姑连忙招呼我进去坐，我们俩拉了下家常，希月则在客厅里安静地做着作业。

"她的电子琴坏了。"姑姑告诉我。

那是以前她父亲带回家的，家里没人会弹，只好由略懂音乐的我来教她。不过她当时年纪还太小，学起来很费力，挨过我不少骂。

"大概是某些线路坏了，时间久了就会发生这种情况。"我解释着走到琴桌旁，打开电源，发现有的键位确实按不出声响了，应该是接头松了，我决定帮忙接上。

"帮你叔叔把工具拿过来。"姑姑对希月说。

还好，她找到了电笔、梅花刀、手钳这些工具，我没花太多时间就发现了松动脱落的部分，用钳子拧紧后又用胶布牢牢固定。希月低下头仔细地看着我的操作，她的头发没扎起来，有部分垂在腮前，我隐约能听到她轻柔的呼吸声。

"学习压力很大吧？也不要太紧张了，要懂得忙中偷闲。"我一边跟她说，一边盖上琴的外壳。

她只是点点头，没作回答。

我再次插上电源，检查起琴键来。

"她现在已经越来越没样子了，"姑姑叹了口气跟我说："老师常常跟我谈到她的问题，上课看小说、早恋，甚至还学别人抽烟！"

我听到这儿，有些吃惊，就像是自己的女儿因为缺乏关心和管教犯了错误一样。莫非是因为我一直没有给她打电话，也没有跟她当面交流过，她才变得这么堕落……想到这儿，我把关爱的目光投到了这个令我感到既熟悉又陌生的女孩儿身上。

"她还偷偷骑她爷爷的摩托车出去兜风。其实你姑父早就知道这件事了，但一句责备她的话都没说。"

"这可是很危险的，下次别这么做了。"我认真地跟她讲。

"你别听她乱讲，哪有那么严重啊！"她毫不在意，凑过身子顽皮地跟我说道。

"好了，现在应该没问题了，都能弹出声来了。"我跟姑姑说。

"你还是那么能干。快坐下，吃点水果。"

"不用了，我坐会儿就走。"

"难得回来一次，多待会儿吧。"

我看见希月坐在一旁继续埋头做起了试卷，于是又问姑姑："希月的成绩还好吧？"

"马马虎虎，年级里能排个二三十名，英语和语文好一些。"她转身叮嘱希月："跟你说过很多次了，不要把头凑得那么近，视力都下降了还改不过来这个坏毛病！"

"是要注意保护好视力才行噢，你不是一直都想考个好的大学吗？填报高考志愿时有些专业可是对视力有要求的。另外，像物理、化学这样的科目平时需要多做些练习才能学好。不过没关系，她现在这个名次，高考没什么问题。"

"她写过一篇作文，题目叫'我最难忘的人'，拿过奖的。你猜猜她写的是谁？"姑姑问我。

希月听到这个问题，瞪大眼睛直盯着姑姑，好像在埋怨她。

"应该是她最亲最爱的奶奶您了，我想。"

"错了，写的是你。"

"我？……"我一时语塞，视线不自觉地转到希月身上，正好与她的视线撞到一起，我们俩都慌忙埋下了头。

我连忙岔开话题，往外走去，不知为何，我鼻子竟然有了种酸酸的感觉。看到天色不早了，等下姑父回家他们还要张罗晚饭，我不便多留，于是一边告别一边迈腿准备离开。

希月看见我要走，居然主动跑出来把我送到了门口，她替我打开门，用手理了理乌黑光亮的长发，犹豫了一下，然后用单纯的如泉水般跃动的眼睛看着我，轻轻地问："我留长发好看，还是短发好看？"

我想了一下，大概是她奶奶又要求她把头发剪短了，于是我温和地回答她："你留长发和短发都很漂亮，短发看起来会更阳光些。"

她笑了一下，嘴角那两个印着新月形纹路的小酒窝稍纵即逝。

回来后，我头脑里时不时会回想起她的那个问题，不禁也抿嘴笑了起来。

（五）

周日，爸妈把爷爷接回了家，大伯也赶过来帮忙。他们走后，我才赶去局里面看看案情有没有什么新的进展。

近几日都没留心到老街上有几户人家的庭院里樱桃树开出的雪白樱花已经开始凋落了。二三月份的春风并不温柔，常常伴随着飞沙走石呼啸而过，难怪开春后是放风筝的最佳时节。今天是四月的第一天，进入四月以后，估计绵绵的春雨就该接踵而至了。

在警局门口，我先碰到了葛辉，他心满意足地跟我说："昨晚在小吃摊过了把瘾，滈城特产炸洋芋果然名不虚传，金黄色的洋芋片、洋芋条香脆可口，再配上一碗酸甜嫩滑的冰粉，真是妙不可言。"

他继续滔滔不绝地讲着，好像昨天的半路逃跑是个很明智的决定："我还吃了又软又有弹性的豌豆凉粉和米凉粉，就是太辣了点。火盆烧烤的品种真是多，像魔芋豆腐这些我平时都很少吃到。"

"其实以前还有很多特色小吃，现在都已经销声匿迹了。比如油茶、麻糖，还有冰糖雪糕。我奶奶在世的时候，经常会买这些东西给我们吃。"我告诉他。

"冰糖雪糕？挺好听的名字，是用冰糖做的吗？"

"谁知道呢！以前的冰棍都是表面那层很甜，吃到里面就没有味道了。但冰糖雪糕直到吃完都是甜的，就像老北京冰棍那样，像是用冰做成的糖一样，大概因此而得名的。"看他一脸的好奇，我跟他说："不管怎么说，这些只能称作小吃。以后还会有更高档的饭局让你大饱眼福。"

"高档饭局？会有吗？"

我自信而肯定地点了点头。

接近上午九点的时候，人们才陆续到齐。王局长为了专案组负责的那起案子，又把大家召集了起来。

廖队长看上去精神抖擞，他用有穿透力的声音讲起了自己昨天的发现："有了重要的线索，小来他们在水泉眼周边住户挨个询问时，一个叫吴慧芬的女士说她在案发的时间段里曾在水泉眼洗过菜，就在她准备回去的时候，看见一辆银色面包车从那条山路上驶出来，飞快地冲下了巷口的那个陡坡。怪就怪在那辆车没有牌照，极有可能是车主为了防止被人认出来取掉了车牌。她回忆说当时大概是傍晚六点过一些，还隐约听见有女孩子的哭声从车里传出来，但不敢确定！"

阿加小来接着补充："没错，大家都到过案发现场，那条山路宽窄不一，在2.5到3米之间，要通过一辆面包车非常容易。从目击者提供的线索来看，我们甚至可以推断出，凶手应该是杀完人之后开车离开的。我们推断，凶手应该不止一人，并且还有一个女孩子搅和在其中。他们离开滴水镇以后，十有八九又去了澜穹镇林浩的家，制造了第二起命案！"

王局长听完他们的描述，有所期待地问了句："还有吗？"

廖队长回答道："我们去林浩家附近打听了他平日的人际交往以及案发当天的行踪，其实根本就没有多少人在意和关注过他。他这个人唯一的优点大概就是出手阔绰，因而结交了一些狐朋狗友，那些人大多数是小学或初中都没毕业就开始在社会上鬼混的不良青年。他们中有两个最近外出打工去了。在家的几个人中，有个叫吴成贵的小伙子告诉张荣，他们只是偶尔会和林浩一起在外面喝点酒吃点东西，每次都是林浩付钱。可以确定的是，这些人都不具备杀他的动机。"他紧接着又补充说："林浩的父母很难应付，问题还没回答几个，就吵嚷着要我们快点破案。"

"我当然也想破案！"王局长一副恼火的样子。"先整理一下你们的线索。信勇，你那是个什么关系图，我让你找出两位死者的仇人，你怎么画了一堆的亲戚朋友？"

"王局，我暂时还没有发现他们有什么仇人。"

"黄尔吉初中时不是跟一些人打过架吗？"

"我说王局，都过了三四年了，谁还会为那点小事杀人啊！"

"凶器方面呢，有没有结果？"

"我派人重点查问了漓水镇和澜穹镇做刀具生意的人，像西瓜尖刀这样的管制刀具，按道理不应该随便买卖的，但由于近些年疏于管理，买的人很多，又没记录，所以无从查起。对了，王局，其实我一直有个大胆的假设没有提出来，或许这两起案件跟星隆社有关呢？这种事情发生在他们身上应该不足为奇。"

"不可能。你应该很清楚才对，经过我们和校方的共同努力，星隆社这个社团在半年前就已经彻底解散了。即使你的假设成立，林浩和黄尔吉的死跟星隆社有关，那他们的手臂上都应该纹有星辉图案才对，这点并不难证实吧?"

"王局!"接待室的小王一边敲门一边说明情况，"州报记者找您，想了解案件详情。"

王局长无奈地叹了口气:"瞧，前天县电视台就来纠缠过，今天州里的记者又来了。"

他理了理衣领去了接待室。其余的人便开始无拘无束地讨论起来。他们都说局长最怕两件事，一是记者的采访，二是县长的饭局。这两点，我也有所了解。

当晚，我背熟了第二天要给学生们讲的内容，心里还是难免有一丝紧张，在宾馆的床上磨蹭了半天才睡着。

第二天一早，旭日东升，明媚的阳光预示着生机盎然的一天又开始了。陆续赶来的学生们聚集到操场参加了升旗仪式，校长通常都不参加这个活动，由教导主任彭老师负责全程的组织工作。升旗仪式结束后，彭主任又开始介绍起我们的讲座来，我和廖队长坐在主席台上，桌子整齐地摆放着话筒和矿泉水彭主任和三位年级主任坐到了我们旁边。后面正好有一棵大槐树，替我们遮挡住了刺眼的阳光。

看见气氛有些低迷，我连忙提议说："如果大家觉得站得有点久的话，可以拉开些距离坐在草坪上，随意一些，我们今天只是做一些有趣的交流而已。"

学生们随即慢慢地散开，在班主任的组织下，整齐地坐了下来。

我接着说："我曾经也是咱们学校的学生，不过那是十多年前的事情了！当年教我的郭老师、刘老师现在都还坚守在自己的岗位上！"

学生们转头看着两位老师，抱以了热烈的掌声。

"现在已经陆续有不少学生成为了他们的同事，比如说我。"

听了我的话，下面的学生吁声一片。

"我还没说完，比如说我的好朋友，你们的周桦安老师！"

孩子们果然都对这些很感兴趣，开始拿周桦安老师起哄，搞得他一脸难为情。借着这个气氛，我转入正题，介绍了几起因为青少年不懂法守法而酿成的悲惨案例。由于案例本身就有足够的吸引力，他们全都聚精会神地听着。

我最后把重点转移到了他们一直关注的本校学生的两起命案上，做了些积极向上的总结和心理疏导工作，就结束了这次讲座。效果还不错，下面掌声一片。

讲座结束后，廖队长向林浩的班主任张老师说明了来意，并找了一些学生到办公室问话。

张老师站在门口跟我聊道："林浩这样的学生，就算可以读完高中也没什么意义。"

能听得出张老师对这个学生早已不抱任何希望了。

我对他说："真要是太糟糕的话，分班考试的时候就应该把他分到下面的班级去。"

"他是中途花大价钱转进来的。你应该知道我的意思。"他悄悄地告诉我。

我点点头，不再多问。

过了一会儿，问完话的学生从办公室里走出来，在过道里和紧张的同伴们簇成一团议论了起来。廖队长打开办公室的门喊道："下一个可以进来了。"

一个乖巧的女生胆怯地看了看他，然后指着我说："我只想让这个警官问我问题。"这让廖队长一时哭笑不得。

一定是廖队长的严肃和刁钻吓到了这些孩子，毕竟他经常面对的都是一些凶狠狡猾的罪犯，早已经习惯了板着脸训话。

"看来你今天的讲话很有效果，暮警官。"他对我说。面对这群天真的孩子，他选择了妥协。他把记录本交给我："好吧！照着上面的提问方式问吧！"

我应下声来，带着那个女生走进了办公室。她是班上的学习委员，个子不高，扎着小巧的辫子，微微嘟着小嘴，显得有些拘束。

我让她坐下，和她聊了些题外话，问了她的名字，知道她叫向婕。

等她放松下来我才进入正题："向婕同学，你觉得黄尔吉这个人怎么样?"

"尔吉长得蛮帅的，有点像那个叫明道的电视剧演员。虽然他平时总是一副不太正经的样子，但在关键时刻都很仗义，还特别喜欢帮我们的忙。"

"他的学习成绩怎么样?"

"之前一直都处在班上的中下游，上学期期末已经进到班上第七名了。"

"哇!"我就像个孩子一样叹了一声，说道："进步不小！"

"可能是因为他找希月帮忙补习过。"

"希月？"我非常不愿意这时候听到这个名字，这意味着她很有可能会卷入到这两起可怕的命案中来。

"希月是班上的语文课代表，学习成绩挺好的，在年级里都能排前二十多名。"

"嗯！其实她是我侄女。"

"呀！真的吗？"她吃惊地看着我，我点了点头。

"以前她写过一篇关于叔叔的作文，难道就是您啊？"

我觉得不该讲太多的题外话，于是问："希月怎么没过来呢？"

"老师只是让我们几个班干部过来，她在上课。"

"嗯。那我们还是说说林浩吧！"

"这个人，我没什么好说的。"她满脸都是厌恶的表情，就像是看见林浩站在她面前一般。

"他一定是个很讨厌的人吧？"我试探性地问她。

"十分、非常、超级讨厌！他或许罪有应得。"她有些激动，我不敢相信这是从一个乖巧的十八岁少女口中说出来的，充满了仇恨。我停下笔，没有记录她刚才对林浩的评价，因为这会让廖队长把她划入林浩的仇人之列。

她撩起额前的刘海让我看，我发现她眉头上面有一块伤疤。"他完全就像个疯子！这是被他丢过来的书打的。他那些不堪入耳的脏话连男生都听不下去。他不光欺负我一个人，只要谁碍着他，他就跟谁干。希月收作业的时候就被他骂哭过，还好有尔吉帮忙才阻止了林浩。"

我又问了几个有关黄尔吉和希月的问题，基本可以断定，黄尔吉在很长的一段时间里都在追求希月，不过希月好像并没有对此做出过回应。问话结束了，可向婕站在门口没有走。

"还有什么话要说吗？"我问她。

"嗯。但我只想跟你一个人说。"

"现在就只有我们两个人。"

"不，我想说的是另外一件事，我不想让其他任何人知道。你答应了，我才能跟你讲。明天下晚自习以后，你来操场上找我，好吗？"她用征求的眼神望着我。

"这……"虽然我心里充满了疑惑，但私底下去跟学生会面，终究还是有所忌讳的。

"那还是算了吧！再见，警官！"她的眼神里不自觉地流露出一种失落感。

"我会来找你的，你在操场上等我。"在她即将开门的一刻，我终于下定决心答应下来。

她回过头来看了我一眼，打开门走了出去。

（六）

希　月　的　眼　睛

所有的问话结束后，廖队长综合了几份口供，他发现林浩是班上臭名昭著的问题学生，历来喜欢看暴力小说和色情小说，平日里他那些流氓行径在学校里更是人见人厌。黄尔吉则是一个外表粗犷、内心善良、细心的大男孩，他对希月一直存有爱慕之情，也在希月的影响下刻苦学习，所以进步很快。林浩和黄尔吉二人因为希月曾产生过多次摩擦，几乎到了水火不容的地步。那么，问题就来了，二人之死，希月作为最大的交集，会不会知道什么内情？不管怎样，廖队长坚持要听一下希月的说辞。

希月已经剪了民国女学生常留的学生头，发丝刚好可以搭在肩窝上。按照规定，他们的问话我需要回避，所以里面的情况我并不知晓。他俩出来时，都是面无表情。希月看到我，眨了眨大眼睛，嘴角上扬着，露出了微笑，我连忙也回了一个发自内心的微笑。然后她就一声不吭地往教室方向走了。

廖队长可能猜到了我的顾虑，他跟我说："她的回答基本跟其他人一样。黄尔吉确实对她有好感，写过几封情书给她。林浩一直很看不惯他俩，经常挑事。我怀疑林浩其实也喜欢这个丫头，所以才会用处处与她作对的方式来引起她的注意。这样的话，两个死者就因为三角恋而有了很深的矛盾！"

"但事实是这两个矛盾很深的人却在同一天都死了。"我提醒他。

"没错，这点确实让人费解。不过我倒是有个大胆的假设，或许这场恋爱还不止三角！想想看，倘若真有一个第四角存在的话，他不就可以同时满足杀害林浩和黄尔吉的条件了吗？"他看了看我，又接着说："你一定觉得我有些异想天开吧？不管怎么说，苏希月目前是与本案关系最密切的人物，我首先要查清楚她案发当天的行踪。"

刚说完，他就大步流星地从我的视野里消失了。我呆站在原地，回想着他刚才说的话，有种晕头转向的感觉。

第二天早上九点不到的样子，专案组又聚集到了一起，就昨天的侦查情况召开了一个临时会议。廖队长信心满满地给大家讲述了自己的侦查成果，在座的人都像围坐在收音机旁一样，表情各异地聆听着略微有些青涩的内容。

"根据昨天了解到的情况，林浩这个人确实是个不折不扣的变态狂，可能大家会觉得我的用词有些过了，但他的确是没有羞耻心，经常当众辱骂班上的女同学，甚至还动过手。结合我们之前在他家搜集到的影碟和书籍来分析，足以证明这个人满脑子都是色情和暴力。"

"苏希月，是高三（五）班中与向婕、张志成、王千羽齐名的四大学霸之一。林浩素来都喜欢用产生摩擦的方式来引起她的注意，而另一个死者黄尔吉则一直在追求她，写过不少的情书，即使他知道苏希月喜欢的可能是另外的人，也从来没有中断过。据许多人反映，自'三·二三'凶杀案发生以后，苏希月的情绪一度十分低落，常常在私底下学男生抽烟，直到被老师批评后才改过来。因此，我推测苏希月与这两桩命案有十分重要的联系。"

"什么样的联系？直说无妨。"王局长对他说。

"王局，刚才我说过一句话：'苏希月喜欢的可能是另外的人！'这个人，可能会帮助她杀掉充满敌意的林浩，同时又除去黄尔吉这个难缠的情敌！"

"这样的推断未免太过草率了吧，有什么依据吗？"

"这是我根据目前得到的信息作出的推断，毕竟像苏希月这样漂亮的女孩子，追求她的男生绝对不止黄尔吉一个。还有，我昨天问过苏希月案发当时的具体行踪，她说打扫完卫生后就回家了，到家的时候电视里正好开始放'大风车'这档少儿节目。但事实上，平日跟她同路的一个女学生并没有看见她在车上。很明显，她在撒谎！"

"你怎么就敢肯定她们坐的是同一班车？如果苏希月真的打扫卫生的话，回家时间就会推迟。"王局长又问。

"大家都知道，滴城的公交车至少要十五分钟才发一班。与平时不同，周五下午学生们是在五点放学，一般五分钟就能到达车站，这时候能赶上回家的第一班车。也就是说，这班车是在五点过五分发出的。我问过当天打扫卫生的同学，苏希月是在五点二十五分以后才离开的。这个时候，距离第三班车发车还有将近十分钟的时间，以偏慢的步行速度而言，也足以赶上车了。那个平时跟她同路的女学生当天因为有事耽搁了时间，坐的第三班车回的家。她跟我说没有在车上看见苏希月。"

"你讲得过于复杂。"王局长觉得廖队长故意在显示自己的逻辑思维，"总之，你的意思是说苏希月本该坐第三班车回家，但车上有人能证明没看见过她，对吗？"

"是的，局长。"

"这是个间接的证明。她有没有可能坐下一班公交车呢？女孩子可能动作都比较慢。"

"没有这个可能。如果她坐的是第四班车，就不可能刚好看到'大风车'了。"

"嗯，这确实是一个重要的发现，你马上弄清楚她当天是否在两个案发现场附近出现过。要用足够的人证或物证来揭穿她的谎言。"

"好的！"廖队长脸上露出了笑容，可能他觉得案件的真相就快要水落石出了。

走出会议室后，廖队长跟我聊道："真是抱歉，暮警官。大家都知道苏希月是你的侄女，迫于工作需要，有些调查行动没有告知你。"

我对他的行为表示理解："你没做错，只要有嫌疑，不管是谁，都应该接受严格的调查。我只希望廖队长不要因为破案心切，采取一些极端的措施。"

"你放心，我绝不会冤枉一个好人。当然，也不会轻易放过一个坏人。"他抛下一句意味深长的话就离开了。

葛辉问我："指导员，我们要不要过去问一问苏希月当天的情况？"

我摇摇头："这个时候我应该尽量避开跟调查有关的事情。如果违背了重亲回避的原则，今后可能连参与的权利都没有了。"

廖队长开车去了澜穹镇，他大概去询问当地人有没有在案发当天见过希月了。我想起晚上还要去见那个有些奇怪的小女生向婕，吃完饭以后回去休整了一下。晚上九点多，我独自一人来到了滆城中学的操场。操场上灯光很昏暗，看不清远处是人还是树，只听见枝叶在冷风中沙沙作响。这让我不禁想到了恐怖片里面的情景，那些嗜血的变态杀手经常就是潜伏在这样的环境中寻找着合适的作案目标。

"嗨！警官先生。"不知什么时候，向婕出现在了主席台上，冲着站跑道上的我大声说："您还真守时！"

"但你晚了几分钟。"我打趣地说。

"原谅我，因为有道题不会做，耽误了一些时间。"

"没关系，跟你开玩笑的。你有什么话想跟我说?"我们俩走在跑道上，朦胧的夜色显得有些清幽，只有几个刚放学的男生在篮球场上打篮球。

"请问，您是一个正直并且勇敢的警官吗?"她问我。

"我想应该是吧! 我和同事们都是这样的人。"我略感诧异。

"其他人我不太相信，但我想您应该是这样的人。您愿意帮我们惩罚坏蛋吗?"

"呵呵!"我觉得这些问题从一个高中女生口中说出，既幼稚又别有深意:"是的，告诉我，谁欺负你了。"

"是我们校长! 他就是一个可怕的坏人!"她用一种惊恐的语气跟我说。

"为什么这么说呢?"

"他经常喝醉酒以后，把我们叫到办公室，脱我们的衣服，还乱摸。有好几次是被老师和门卫大叔发现后才阻止了。"

"有这种事!?"我大吃一惊。

"不光我一个人，希月、千羽还有好几个女生都被他欺负过。您说过您是希月的叔叔，所以我觉得您应该会帮我们惩罚校长的，对吧?"

"嗯!"我想了一下，沉重地应了声。我告诉她:"像这样的事，你们应该早点去跟警察叔叔讲的，那样就能阻止他继续伤害你们了。"

"我们也想过啊!可是警察局局长跟校长经常在一起吃饭，而且他还收过校长的钱。我们手上又没有证据，说什么都没有用的。"

王局长?这让我大跌眼镜!他虽然经常有饭局要参加，但受贿这种事，绝不可能是他干的!这到底是怎么一回事?

"向婕，谢谢你的信任。我答应你，会调查清楚这件事，如果属实，会让你的校长接受惩罚，还你们一个公道。"我最终还是平静下来，认真地跟她说。

"太好了!我没有看错人!暮警官，我能不能再求您一件事?"

"你说。"

"到时候如果非要在法庭上作证的话，能不能就让我一个人去呢?毕竟发生这种丑事，她们都不想被别人知道。"

"好的。我会考虑的。"难得她这么设身处地为同学的自尊考虑，我答应了她，但实际上我心里是没底的。滴城的警务工作不在我的工作范围之内，但同时我又是一名人民警察，本能地把伸张正义作为自己的人生追求。

"我正在织一个心形的锦囊，您看。"她从书包里拿出了一个织了一半的粉色绒线小包，虽然还没完工，但看上去很漂亮。她说："织好以后我就把它送给您，可以用来装手机这样的小物件。"

"你们都挺喜欢织这些小东西的，"我说："但我随便收你们的东西，不就等于是受贿了吗？"

"这是为了表达我对您的感激，没有别的意思。"她用天真无邪的眼神望着我说道。这一刻，她跟希月竟有了几分神似。

那晚上，我没睡踏实。第二天赶早去了公安局，一路上都在犹豫着要不要跟局长提一下昨晚的事。没想到廖队长比我更早，他手里正拿着吃到一半的早餐，看到我后，解释说："调查到了一条重要线索，对整个案子可能有着决定性的影响。"

这对我而言，未必是个好消息。

王局长抵达之后，专案组的会议准时召开。组员们各自上报了调查结果，廖队长最后才压轴发言。

"通过我昨天的努力，现在已经找到了相应的人证，可以确定苏希月在案发当日的晚上八点后，也就是林浩遇害的时间段内，出现在澜穹镇公交车站，并从这里乘车回家。"

大家都聚精会神地听着他讲述。

"公交车司机很确定地告诉我，由于当时天色已晚，车上只有零星的几个客人，而且大部分都在滴水镇下车了，只有一个长得很漂亮的小女生快到米阳乡站的时候才下车，所以他记得很清楚。"

王局长把手抱在胸前，仔细地听他讲。廖队长最后发表了自己的意见："我给公交车司机看过苏希月的照片，已经确认无误。结合当前的证词，我提议立刻将苏希月列为重大嫌疑人，对其进行拘留讯问，从她身上找到本案的突破口！"

"嗯，同意！"王局长批准了他的提议。

廖队长他们拿到拘留证后当即出发，没过多久，就把希月从学校带到了讯问室。

我在外面不停地踱步，思考着案件的始末，虽然希月与本案确实有着千丝万缕的联系，但我始终都对她充满信心。

很久以后，廖队长和助手才从里面慢慢走出来。他失望地告诉王局长："这个丫头很狡猾，不肯说实话。她说当晚是跟爷爷去那边送货，夜里冷，所以后来乘坐公交车回家。"

王局长苦笑说："那你又要跑过去取证了？"

廖队长来了脾气："我今天就先拘留她二十四小时，看看能不能问出点什么！"

"还是慎重点！"我终于忍不住对他说。

廖队长投来一种诧异的目光，紧接着又强势地走到了我面前。

我反问他："首先，从作案动机来看，她有没有充足的理由杀害黄尔吉？"

"没有，毕竟黄尔吉曾多次帮过她，二人也不存在尖锐的矛盾。但她很有可能杀害林浩。"

"从案发地点来看，她要赶到十里外的澜穹镇杀人，是不是有点舍近求远了？"

"是有一些，但为了减少嫌疑，也并非没有可能"。

"请问以她的能力，杀死林浩这样肥硕的人有多大可能？"

"正常情况下几乎不可能，但有同伙协助或者是趁其不备就有可能办到了，之前吴慧芬的证词足以说明这绝非臆断。"

"但在作案工具上，大家都知道黄尔吉和林浩是死于同一种凶器的。就算按照你的推测，除了苏希月之外，还存在另外的同伙，那么作为使用了相同作案工具的同伙，却没有相同的作案动机，这一点你怎么解释呢？"

"这个……"

"还有另外一个作案工具，也就是吴慧芬提到的那辆银色面包车，你觉得跟她有关系吗？"

"暂时还不清楚……"

"至于作案时间，我只想问你一个问题，公交车司机和其他目击者有没有注意到她当晚的打扮？"

"有，应该是一件灰色的带帽外套，黄绿色的T恤衫，灰白色休闲裤，浅色帆布鞋。"

"就是这些细节，你不觉得奇怪吗？就算她参与了作案，以死者当时的死亡情况来看，她那些浅色的穿着有什么理由不沾上死者的血？"

"正是因为现在有疑点，所以才要拘留她进行讯问，从中找到突破口啊！"

"可你已经问过。既然没有证据，就应该马上释放人，不要做得太过火！"

"过火？对于嫌疑人，我有权依照刑事诉讼法，在她有共同作案的嫌疑下对她实行拘留。我要对死者负责！"

"你更应该对真相负责！我知道大家为了这两起案子压力都很大，但你现在根本没有足够的证据，也没有通知她的家人，就要拘留一个即将参加高考的孩子，这会对她的心理产生多大的影响？学校里的人又会怎么看她？"

"虽然你的级别比我高，但我得提醒你，这个案子你不具备参与查办和处理的权利。我还是坚持我的看法，对已经确定的嫌疑人采取强硬措施让她说实话，这是办案的需要！"

"信勇！注意你的措辞！"王局长严厉地打断了他的话。

我们俩安静下来，都不愿意顺从对方的说法，最后还是由王局长来收拾残局。"云霆的分析很有道理，目前只有几条间接的证据，不足以构成对怀疑对象长时间拘留的条件。而且她又是一名学生，较为特殊。在事情没弄清楚之前，我不赞成对她继续进行刑事拘留。"

廖队长迟疑了好一会儿，才慢慢答应下来。突然他又开口说道："王局，除了不在场证明的继续取证之外，我还请求对嫌疑人进行监视跟踪，查清楚跟她存在特殊关系的每一个人，以印证我之前的推测。"

王局长点了点头。

"另外，"廖队长看了看我，说道："我觉得本案涉及回避问题，暮警官不适合参与这个案子的调查取证，他应该退出专案组。"廖队长就是这样一个直性子的人，没有任何隐藏地说出了自己内心的想法。

"这……"葛辉他们都躁动起来。大家都知道我是个随和的人，觉得廖队长是对刚才的争辩耿耿于怀。

"葛辉同志可以负责观察和整理案件的侦破工作。"廖队长补充说。

葛辉连忙回答："整理案件的进展是州局交给指导员的工作，我是他的下级，无权代劳。"

王局长见状，连忙说："我了解信勇的意思，云霆就暂时退出专案组，转为观察员，只负责案件的记录整理工作，不参与跟案件有关的调查和讨论。你们觉得怎么样？"

我点点头，略感无奈地答应下来。原本纠结着要不要把向婕告诉我的那件事反映给王局长，谁知道又临时闹了这么一出，只好作罢。

希月从审讯室出来后，我把释放证明交给她。临走时，她用伤感的眼睛看着我："大哥哥，谢谢你相信我。"这个久违的称呼让我觉得非常意外，不过我只是拍了拍她的肩膀，没有说话，因为此刻我的内心非常复杂。

之后几天，我基本上都是处于闲置的状态当中。监视工作正在秘密进行，连葛辉也很少再跟廖队长一起出去调查了。我猜想廖队长已经在希月身边安插了不同的"眼睛"，只等发现证据，就会收网。黄尔吉的父亲这段时间每天都在借酒消愁，隔三差五还会醉醺醺地跑到局里面来追问案件的侦破情况，局里的同志只好不厌其烦地给他做思想工作。

无聊之余，我只好回家待了几天。一回去，绵绵细雨就下个不停，屋檐上、树枝上都挂满了晶莹的雨滴。直到4月14日（周六），才见到缓缓升起的太阳。葛辉给我打来电话，说是下午两点局里要开会，应该是调查过程中有了什么重要发现，要我赶过去记录一下。

下午一点刚过，我站在家门口不远处的车站等公交车。在对面不远处的草地里，还有几个小孩儿在。

"喂！大哥哥。"我听到了那个悦耳柔和、又有穿透力的声音，是希月在叫我，还伴随着机动车引擎发出的噪声。

我转过头去，看到她驾驶着一辆摩托车，穿着浅蓝色外套，乌黑的头发在微风中飞舞着，一副墨镜遮住了眼睛，再配上发际线旁的两个菠萝形小发夹，显得有些天然萌。

"你这又是什么情况？"我感叹说。

"我每个星期六都要去舞蹈班学跳舞的，你看……"她把挂在车把上的袋子拿给我看，里面是漂亮的裙子和舞鞋。

"我是说你怎么又骑摩托车了？而且还不戴头盔。很危险的！"

"别担心，我骑摩托车的技术可好了。好几次都是这么过去的，你要去县城吧？快上车，我带你！"

"不不不，"我连忙摇头，"就算我信得过你的技术，被抓到也是会罚款的。"

"这边大多数时候是没有人管的，快来吧！你要等好一会儿的，相信我！"她取下了墨镜，用温柔的眼神请求。她跟我一样倔，甚至有时候比我更倔，不过这边的确没设红绿灯，就连交警都很少定点执勤，更别提监控了。反正让她一个人开车我也不太放心，不如就答应下来好了。

就这样，我坐上了一个十八岁少女驾驶的摩托车，她不慌不忙地戴上墨镜，踩动了油门。今天虽说是阳光明媚，但两旁吹来的冷风还是让人有些瑟瑟发抖。

"别开得太快，很危险的！"我抓着她的外衣，大声叮嘱道。

"你抱住我的腰，别扯我衣服。"她大声地回应我。

我迟疑了一下，还是轻轻把手搭在了她富有弹性的细腰上。她减了一些速，不过依旧可以轻松地超过旁边的车辆。公交车要用二十多分钟才能抵达的路程，她只用了十多分钟。坚持把我送到警局门口，她才掉头离开。我嘱咐她一定要注意安全，她点了点头，很快就消失在了街口拐角处。这时候，街口的一辆黑色大众车驶了过来，张荣和一个我之前没见过的年轻女士一起从车上走了下来。这位女士个头在一米六五左右，有着匀称的身材和得体的打扮，虽然身着便装，但我从她泰然自若的神态里很快便看出了她是一名警察。

"暮警官，这是从基层派出所调过来帮忙的李心怡，和我一起负责监视工作。您也知道，有的地方女性比我们要方便些。心怡，这位是州局刑侦支队的暮指导员，目前是'三·二三'凶杀案的观察员。"张荣帮我们互相介绍。

"你好！心怡同志。"我连忙问候说。

"很荣幸认识你，暮警官！之前常听大家说你聪明能干，这么年轻就成为支队的指导员了，而我只是一名普通的民警。"

"别这么说，工作不分高低，普通职位也是有伟大之处的。"

这时候，廖队长赶到了。他刚看见两个属下就着急地问："你们俩在这儿干吗呢？"

　　"局长通知说要开会。"张荣解释道。

　　"我不是说过不要随便离开目标吗？"他用责备的口吻说道："我会跟局长解释你们的情况，赶快回到岗位上去。没我的指示别擅自离岗。对了，苏希月这个时候在哪儿？"

　　"在县艺术舞蹈班，从下午两点一直到五点都会在那边学跳舞。"

　　"知道了，去吧！"他一边说着一边走进了大门。

　　"廖队长，她是驾驶摩托车过来的！"张荣补充说道，但他没说我坐在上面。

　　"这个不归我们管！"廖队长淡淡地答道。

会议准时开始。我发现王局长和廖队长都瘦了，王局长更明显一些，腮帮上的胡子都没刮干净，一向锐利的眼睛也有些凹陷。我可以理解，以他现在的岁数，来自工作和家里面生病妻子的双重压力已经使他处于超负荷状态了。还是等这件案子结束后再把向婕跟我说的那些话告诉他吧，我在心里暗自说道。

"这两天都有什么进展？我想听点好消息。"王局长询问道，声音略有些沙哑。

"或许可以从现场留下的那些灰烬入手进行分析，凶手烧毁死者某些物件的同时，会不会也烧毁了一些作案工具呢？比如手套之类的。试想，如果苏希月在作案的时候穿戴事先准备好的外衣和手套，那么就可以解释她身上血不沾的原因了。我们去杂货店询问过，案发那几天她是否去买过手套，目前还没有结果。"刘浩回答说。

"像手套这样的东西，每天不知道有多少人去买！过了这么久，哪还有什么线索给你们去查？你们就给我听这些好消息吗？"王局长生气地说道。

大家一阵沉默，不敢轻易开口。这时候还是廖队长打破了僵局："王局，我坚信调查苏希月的方向是没错的，她的嫌疑毫无疑问是最大的。这个女孩思维严谨，又比较敏感，所以进展很缓慢。不过我依旧有所收获，她所谓的不在场证明，只不过是他爷俩的一番说辞而已。收货的人告诉我，那天晚上他根本就没有见到苏希月！除此之外，我还要给大家介绍个新人物！"

他一边说着一边从口袋里掏出一张照片，贴在黑板上。我抬眼望去，那是一个五官端正的少年，从他的笑容和眼神里流露出一种傲慢的神情，整齐新潮的发型暗示了他平时是个喜欢打扮的人。

"这个男生叫张志成，是高三（五）班的尖子生，他属于人们常说的那种玩得好同时学习成绩也很好的怪才，经常考班上第一，还进过年级前十名。最为关键的是，他曾经和苏希月谈过恋爱。可见，他在很长的一段时间里，都被黄尔吉视为情敌，两人明争暗斗，必然因此存在尖锐的矛盾。同时，他也有可能为了维护自己喜欢的女生与林浩发生冲突！在动机合理的情况下，把他列为本案的嫌疑人，并不过分。"廖队长解释说。

"哦？"王局长沉思了起来："跟他沟通过没？别又把事情搞复杂了。"

"找他谈过，他在回答我提出的一些问题时总是含糊其辞，不在场的证明也不够充分，只有家人可以证明那天放学后他直接回家帮忙干活去了。他家是做粮食生意的，经营很多品种的精粮和杂粮，家境还算富裕，家里还给他买了最新款的手机。我了解到，他平时放学后都喜欢踢足球，但那天说是要赶回去帮家里干活，就没去踢球。"

"他跟苏希月现在还有接触吗？"王局长追问道。

"这正是奇怪的地方！他们俩已经很久没有亲密接触过了，平日里连招呼都很少打，只是偶尔说几句话。总之，苏希月现在某些看似叛逆的行为跟以前相比简直判若两人。他们两人之间肯定发生过什么事，说不定跟'三·二三'凶杀案有关！我相信，只要坚持查下去，用不了多久就会有重大收获。"

这次的会议持续了近一个小时，每个人都零星地表达了自己的看法，不过也仅仅只是廖队长说到的张志成让人有新感觉。

这几天傍晚，我开始喜欢上了在滆城中学的操场上散心。或许当一个人的负面情绪积累到某种程度时，散步便成为了舒缓心情的最好方式。周一那天，我和往常一样不紧不慢地走着，可注意力却始终没有从近段时间的所见所闻中抽离出来，完全没有意识到身后有阵"哒哒哒"的脚步声正向我逼近。

"嗨！"等我反应过来，猛然冒出来的声音着实把我吓了一跳，原来是希月、向婕还有王千羽这三个小丫头，想都不用想，这种恶作剧般的招呼方式肯定是希月的鬼点子。跟她们闲聊了几句之后，我在好奇心的驱使下打听起了张志成的事情。

希月听到这个名字的时候脸上很快出现了一抹红晕，不过始终都没有开口。倒是两个同伴在一旁热情地给我介绍起了张志成的情况，不经意间也透露了他跟希月之前的情侣关系。

"早恋的女生，你就不想讲两句吗？"我打趣地对希月说。

希月一脸的难为情，开始抱怨起了自己的同伴。两个姑娘则调皮地向她做了一个鬼脸，然后拔腿就跑，"哈哈，张志成的事情希月最清楚了，你们慢慢聊吧。"

"嗯，再见！"看到她们天真无邪的笑脸，我一下子想起了什么，连忙补充说道："向婕，上次答应你的事情我是不会忘记的！"

向婕微笑着冲我点点头，然后和王千羽挽着手跑远了。

"你答应她什么事情了？"希月瞪大了眼睛，好奇地问。

"这是一个小秘密，暂时还不能告诉你。我们还是接着聊早恋这个话题吧！"

"其实不像她们说的那样！"她羞涩地跟我讲，"我早就不再跟他交往了。以前觉得他这个人挺优秀的，接近了以后才发现，其实他既自负又自私。我不理他以后，他继续纠缠我好长时间。也不知道是不是嫉妒心太强，就在前几天，他说他手机里一直都存着一段关于我的私密视频，如果我不答应继续跟他好，他就会把视频公布出去。"

"什么视频?"希月讲的内容大大出乎我的意料。

"视频的事情我从来没有跟任何人讲过,现在也不想讲,请你理解。我只能告诉你,视频内容跟我们校长有关系!"她眉头紧蹙着和我说。

"好,我们不聊这个话题了。"我从她的表情乃至"私密"两个字中意识到了事情的严重性,再结合之前向婕告诉我的内容不难判断出,这段视频很有可能涉及希月被校长猥亵的事情。每个人都有自尊心,我不能过于心急,要不然很可能会适得其反。

不过这时已经不难发现,张志成和希月之间多少是有些问题的,一旦这些问题被捋清了,谜团可能也就解开了。但是作为猥亵案的受害者,希月在两起凶杀案中又扮演着什么样的角色呢?虽然她是我看着长大的,眼睛也和以前一样清澈,似乎可以直通心底,但是目前所有线索统统都聚焦到了她的身上,下一刻的结果是好是坏还真不好说。

随后几天里,廖队长的目标果然愈发明确了,大家都很清楚,来自媒体和死者亲属的双重压力不可能再留给他太多的时间去寻找足够的证据把真相挖掘出来,更何况现在他重点针对张志成展开的一系列调查已经取得了初步成效。按照以往的方式，他只需要趁热打铁，找准机会对张志成和苏希月展开突击讯问，就能从中找到突破口了。

可还没等廖队长动手，4月25日，周三晚上九点三十一分，我突然接到队里打来的电话，说是东明巷发生了一起车祸，极有可能跟之前的案件有关，并要求我跟葛辉一起赶过去帮忙调查。我赶忙穿上外套，去葛辉的房间通知了他，然后带上工具一起奔出了房门。一路上我浮想联翩，张志成和苏希月目前都正处于被警方锁定的状态，怎么还会有新的案件发生了呢？

东明巷距滆城中学不远，中间就隔了一个教师家属院，宽大约二米五，长度不到二百米。巷子尽头是岔路口，分为向北和向南两个方向。进入岔路以后，分别是两条宽度在二米左右的巷子，只能勉强通过一辆家用汽车。巷子两边是密不透风的人户区，中间还有许多绕来绕去的小路，有的可以通往老街，有的可以绕到新大街的马路上去。

事发地点位于东明巷尽头不远处接近岔路口的位置。就在几分钟前，医院传来消息，受害人已经离开人世。至此，车祸自然也就演变成了命案。

月牙儿若隐若现的，试图从镶了黑框的云层间探出脑袋。暗黄色的灯光下，工作人员开始认真地检查现场，并用粉笔勾勒出受害人遇害的大致位置。我仔细观察了案发地点的车轮痕迹，虽然太过杂乱，但仔细一点还是可以看到刹车痕迹，所以能够推断出，当时肇事者在事发后是停留了一小段时间的。难道是他良心发现，想要下车救人？但是行车轨迹又是明显偏向被害人的，旁边还留有很大的空间可供肇事者行车，据此怀疑他是蓄意谋杀也并非毫无根据。

冷风从我们身旁呼啸而过，凉幽幽的水泥地面上布满了厚厚的灰尘，灰尘里面已经渗进了大量的血液。靠墙处的石块周围则是一大摊的黏稠液体，极有可能是死者的头部撞到这些尖锐的石块后导致的脑部大出血。

葛辉在现场待了一会儿，就赶去医院验尸了。这时候廖队长他们刚好从医院驾车赶了过来。车停稳后，他们从上面带下来一个女孩。我一眼就认出那个女孩不是别人，正是希月。我心中的五味瓶又一次被打翻了，愣在那里不知道该问点什么。

"这还真的是一波未平，一波又起啊！暮警官。死者是张志成，苏希月当时正好跟他在一起，目击了案件发生的整个过程，她现在过来帮助我们了解一下案发时的情况。"廖队长给我解释道。

死者竟然是张志成？！几天前，他还被廖队长列为"三·二三"凶杀案的嫌疑人，此刻却像是只有在电视剧中才会上演的情节那样，因为突如其来的车祸意外丧生了！难道廖队长之前的推断都是错误的？是出于什么样的原因，让张志成在这个节骨眼儿上遭到毒手了呢？一瞬间，我好像嗅到了一种危险的气息，它似乎正从某个黑暗的角落里缓缓地朝我们弥漫开来。

"你们继续去四周找找其他的线索。"廖队长给下属安排完任务后见我还愣在一旁，说道："当时行凶者车速很快，苏希月也被撞倒了，手臂被刮伤，医生刚给她包扎过了。"

听到这儿，我担心地把目光投向了希月。她的眼睛里面充满了恐惧，单薄的身子在夜色里瑟瑟发抖。我连忙走上前去询问："不要紧吧？"

她点点头，捂着受伤的手臂跟我说："没事，别担心。"

真该死！我忍不住在心里骂道，要是当时是希月走在外面，此刻我可能就见不到这个还能跟我对话的少女了。

我暗下决心，一定要揪出凶手。

"我们去警局说吧！"廖队长提议。于是，我们一起上了警车，朝警局驶去。

黑漆漆的警局顷刻间又变得灯火通明，廖队长去拿审讯室的钥匙，希月坐在门口的长椅上等着他。她低着头，任乌黑的头发垂下，受伤的手放在腿上，身子在微微颤抖，似乎还没有从恐惧中走出来。我脱下外套，披在了她的身上。

"别紧张，把你看到的情况说出来就好。"我鼓励她。

她抬起头，晶莹的泪珠在微微肿胀的眼眶里面打转。突然，她伸出柔软纤细的手指握住了我的手。一种刺骨的寒冷从她的手掌直传我的心底。她有些干燥的嘴唇动了一下，似乎想跟我说些什么，但很快又松开了手。

她是想告诉我什么隐情吗？我刚想询问，廖队长已经带着助手过来了。屋内是一个多小时的问话，屋外的我则是思绪乱飞。

先是黄尔吉，再是林浩，现在又是张志成。这么短的时间里，同一个班与希月存在特殊关系的三个男生都相继死亡，这一切究竟是阴谋还是巧合？还好这次车祸已经明确了肇事者另有其人，要不然希月真就百口难辩了。不过这个肇事者为什么会选择张志成这样一个学生下手呢？我几乎把所有的可能性都过了一遍，甚至还异想天开地把肇事车辆和"三·二三"凶杀案中出现的面包车联系到了一起，不过始终都觉得对不上号。

我不知道自己在院子里来回踱了多少圈。屋门终于开了，廖队长走了出来，对我说："暮警官，都十一点半了，苏希月的学校早已经关门了，你得带她去你那边住一宿了。"

看到廖队长没有为难她，我的内心总算平静了下来："好的！她住我的房间，我去葛辉的房间将就一晚上。"

希月走过来将外套还给我，我没有接："你先穿着，到了地方再给我。"

就这样，那天晚上，希月住在了我的房间。后来葛辉跟我说，希月一直到很晚都没有睡，因为他将近两点的时候去了趟洗手间，这时候从她房间的门缝里还传出灯光。我猜想，或许她是因为目睹了车祸，害怕得不敢关灯了吧！

第二天早上，六点一过我就起了床，下楼买了些早餐。回去的时候希月已经起床了，她用水漱完了口，又拿起我的毛巾准备擦脸。

"哎!"我本想提醒她那是我的毛巾,但一想还是算了。

"不是你的吗?"她的大眼睛上多了两个浅浅的黑眼圈,虽然不明显,但还是被我到了。

"是我的,我怕你会介意。"我回答说。

"没事,我用的反面。"她调皮地说。

"昨晚没睡好吗?"我又问。

"嗯!一闭上眼就会想到当时血淋淋的场面,觉得特别没有安全感,而且我的视力好像又下降了,看远处的东西总是觉得有点模糊。"

"上次就提醒过你,平时要多保护眼睛!别想太多,身体健康才是最重要的!"

"我们可以约个时间见面吗?我有很多话想跟你讲。"她神秘地说道。

"当然可以。"她应该是想把昨天没说出口的话找个合适的机会告诉我。

"今天晚上有时间吗?"

"应该是有的。这样吧,你晚自习后在学校门口等我。"

她答应了,一边问我话一边背起书包准备离开:"你很喜欢看京派作家的散文集吗？我在你桌上看到了好多他们的作品。”

我点点头：“对啊！他们的作品一尘不染，恬淡安静，可以洗涤人的心灵。”我把早餐塞到她手里，送她走到楼下。临别时，她跟我道了谢。自她长大后，这是我第二次听到她对我说“谢谢”。

等葛辉起床吃过早饭后，我们才慢慢开着车往警局走。

这一次跟以往不同，警局门口围满了记者，我们俩费了很大的力气才挤进去，看来今天王局长又有大麻烦了。

张荣和李心怡已经到了，见到我们后，礼貌地打了招呼。

我问他们："昨晚没去做监视工作吗？"

李心怡摇了摇头："其实昨天肇事者就是从我们的眼皮子底下逃走的，为了这事，我俩被廖队训了好几次了。"

张荣接着说："学校里接连死了三个人，事情越闹越大，王局和廖队都快急死了，光是为了协调处理这些案子带来的负面影响就已经忙得不可开交了。"

我问道："昨晚到底是交通意外还是有别的情况？"

　　李心怡比较直率，她告诉我说："不像是意外。因为当时我们俩不敢离监视目标太近，所以把车停在了巷口，这时候突然有辆车'嗖'的一下从后面冲进了巷子里，整个过程不停地在加速，从我们眼前一闪而过。感觉事态不妙，张警官也立刻加速跟了过去，这才发现有人被撞了。那辆车当时好像停下来过，但可能发现我们了，又一溜烟钻进了岔道。我立刻打电话叫了救护车，并通知了警队，然后又和张警官驾车去追肇事者，那辆车早就没影了。"

　　这时候，廖队长和几个人替王局长打着掩护从记者的包围圈里面冲出来。他大声朝记者嚷道："有什么问题，我们会在结案后为大家一一解答，谢谢大家的理解！"

　　我走过去搀着憔悴的王局长，一起走进了会议室。会议进行的整个过程中，他没说一句话，只是木讷地听廖队长讲述案件的始末，稍后又是一副若有所思的样子。

　　"行凶者的车速很快，并且目标明确，应该是蓄意对张志成进行撞击。目标被撞飞后，落地过程中头部重重地撞击在尖锐的石块上，导致大量血液和脑浆流出，最后抢救无效死亡，同行的目击者也被刮伤手臂，撞倒在地。目击者是死者张志成的同学，也是之前'三·二三'凶杀案的嫌疑人——苏希月。她说张志成当晚有些学习上的问题要和她交流，两人边走边聊走到了东明巷，本来是要从这里去环城路的小吃摊上坐坐的，这时候肇事车辆突然从后面冲出来，实施了犯罪。"廖队长大致地描述了案发经过，接着他又说："介于当时目击者受了伤，又处于恐慌的情绪之中，并没有留心去记下车牌号等有价值的线索，只能结合张荣和心怡的讲述，初步确认肇事车为东风本田，这是破案的关键。从现在开始，我们要对县城里所有这个型号的车辆和车主仔细地进行排查，找出与死者有关系的嫌疑人，再逐个击破！"

东风本田？看来之前我把肇事车辆跟面包车联系到一块儿的想法确实有些脑洞大开了。

"这个凶手为什么要选择张志成这样一个学生下手呢？如果不是劫财的话，难道是有什么深仇大恨？"王局长用手抹了抹腮帮子说道。

"我们已经仔细检查过了，张志成身上的所有东西都没有丢失，也没有发现其他可疑的迹象。我之前怀疑他的死，可能跟黄尔吉和林浩的凶杀案有关。假设真凶已经发现我们正在调查张志成，那就不排除他会从张志成身上毁灭掉某种证据的可能性。但是检查结果又否定了我的这个推断。"

"或许这个凶手本来就是要他的命呢?"刘浩听了廖队长的阐述后,反问他。

"我不这样认为!暮警官通过检测发现,现场有明显的刹车痕迹。你想想看,凶手为什么要在这个时候把车停下来呢?是想救人,还是想被后面的人发现呢?不!我觉得他应该是想停下来取走什么东西,而非一开始就想要受害人的命。这件东西对凶手来说一定十分重要,甚至是对他构成威胁了。而这件东西,很有可能就在张志成身上!"廖队长讲得慷慨激昂,身子下面的椅子都被他蹭离了桌边一大段距离。"实不相瞒,我原本推测这件东西就是张志成的手机,那里面多半记录是我们不知道的东西。但既奇怪而又遗憾的是,我并没有在他手机上发现任何有价值的线索。"

"不管怎么说,关于手机的这个推断一定要严格保密,尤其是对涉案的任何一个嫌疑人!就让我们跟真凶打一场心理战吧!不过目前还是应该先以学校为重点,把涉案型号的车辆全部找出来再说!"王局长无奈地摇了摇头。

这时，他面前的电话响了。王局长示意大家安静，然后接通了来电："喂！滴城县公安局。哦！杨县长，您好！……是！是的！……我明白，好的……嗯！一定会准时赶到的。"

挂上电话后，他表情有些凝重："县长今晚要在琼楼摆宴，找我们谈话。教育局的谢局长和县委办的一些同志也会参加。信勇、云霆、葛辉，你们三个准备一下，晚上跟我一起过去！"

作为州里的来客，被牵扯到这席"鸿门宴"里面自然也无可厚非，可我既然已经答应了要和希月见面谈事情，又怎么可以失约呢？

"王局……我今晚还有些……"我吞吞吐吐地说道。

"这是县长的意思，有什么私事先放一放吧！"王局长打断了我的话。

没办法，看来我只能去跟希月解释一下，改约到下午吧！

下午放学后，我在教室门口等到了她。浅红色的落日下，透过学生们飘忽不定的眼神我能够明显感觉到，整个学校都已经处于一种极度恐慌的氛围之中了。

看见我，希月显得有些吃惊："你怎么提前来了?"

"我是想来跟你说一声，今晚我要去参加一个酒宴，所以不能赴约了。"

"哦，好吧，我知道了。"

人流之中，她的同伴们依次挥手跟她道别。这时候我才问她："现在不能说吗?"

她摇摇头："现在人太多，而且这件事不是一两句话就能说清楚的。"

"究竟是什么事? 这么神秘。"

她迟疑了一下，终于微微踮起脚，把头凑到我耳边："我知道害死张志成的凶手是谁。"

我一惊，连忙问她："既然知道，那天怎么不直接跟警察说呢?"

"这里面还有些我个人的特殊原因，我不可能轻易告诉其他人的!"

"走，跟我去找个地方把话说清楚。"我想了想，直接把她带到了操场的杨柳树丛后面。

学生们都已经放学回家了，整个操场一时间显得非常安静。

"好了，这边没有人能听见我们的谈话，说清楚，你刚才讲的到底是怎么回事？"

"那天晚上，我跟张志成见面实际上不是为了学习上的问题，而是为了跟他要回视频。就是上次我跟你提到过的那个视频，你还有印象吗？"

我点了点头。

她再一次确认四周没人之后，才慢慢说道："这件事真让我难以启齿，如果不是张志成被撞死的话，我就是打死也不会跟别人讲的。那是我被校长欺负的一段视频！前不久，我下晚自习后把收来的作业本交到办公室，回来的时候正好碰到校长，他浑身都是刺鼻的酒味。我刚准备躲开就被他拽到了办公室，然后关上门扯我衣服，在我身上乱摸。可能就是因为喝醉了，他没有把窗帘拉上，刚好让张志成看到了，他用手机拍了不到一分钟的视频。我后来挣扎了好久才逃出来，其实，我的同学王千羽、向婕她们和我一样都被校长欺负过，但大家知道他权大势大，只好忍了。"

还好向婕之前的谈话给我打过预防针，我勉强可以保持镇定。

"忍气吞声是解决不了问题的。那段视频取回来了没有？那可是重要的物证！有了它，就可以把校长绳之以法了。"

"那段视频之前在张志成的手机上，不过昨晚已经被我删掉了。"

"什么？"我感到一阵失落。

"昨晚张志成对我提出了很无理的请求，我当然没有同意，刚准备掉头离开的时候车祸发生了。在救护车赶来之前，我从他身上取出手机把视频删了，又放了回去！我必须要这么做，如果视频上的内容被大家知道了，我以后还怎么做人？"

"哎，好吧！那你刚才说你知道凶手是谁，又是怎么回事？"

"我被撞倒的时候，虽然手臂受伤了，但是意识是很清醒的。我清楚地看到那辆车在我们前面不远处停下来了，车门打开了一半，车上的人应该是想下车，我立马认出了那个人，他正是我们的校长李宗平！紧接着，我们后面又有辆车开过来了，他赶紧把车门关上，开进了黑黑的岔道。虽然整个过程很短，但我还是记下了车牌号——

南-W25QH6！"

"你应该早点把这些信息告诉警察的，虽然这个魔头是有一些背景，但也并没有你想的那么可怕！"

"我不知道该怎么做！我当时内心很复杂，不想让警察知道我销毁证据的原因，也清楚单凭我一个人是不可能斗得过李校长的。但他这个人以前贪污了那么多钱，还可以大摇大摆地来我们学校当校长。就凭这点，我哪敢指认他呢？我现在真的快要崩溃了，希望你能帮帮我。"从她的眼眶里，我依稀能够看见闪烁的泪花。

其实她已经置身于危险之中了！从她看见校长车牌号的那一刻开始，这一切就已经注定。倘若再耽搁几天，后果不堪设想。还好，李心怡他们还在因为"三·二三"凶杀案暗中监视着她，这样反而是因祸得福，相对安全了。

"你肯毫不保留地告诉我这些情况，就是绝对信任我的，对吧？"

"嗯！"她用印着淡淡黑眼圈的眼睛认真地看着我。

"我会把你今天的谈话全部告诉调查这个案子的警察，并且亲自参与到侦破工作中去，直到李宗平落网为止！"看到她恐惧地往后退步，险些绊倒，我连忙上前拉住她的手臂。

"听我说，你们被猥亵的事情涉及个人隐私，法院是不会公开审理的，简单地说，就是到时候法官会给你们保密的，所以你不用多虑。而且这也是唯一可以解决问题的正确方法，你要跟我一起勇敢面对！因为这些事情早晚是瞒不住的，到时候，你就会承担作伪证的后果，成了他的帮凶。想想看，大家都知道那是一个坏人，却又不敢站出来拿起武器跟他斗，最后坏人只会越来越猖狂，跟你一样的受害者也会越来越多！"

大概是我的话触动了她，她埋下头，伤心地抽泣起来。过了一会，才用手抹掉眼泪："好！我听你的，不管最后是什么结果，我都会勇敢面对！"

这句话是那么让人欣慰，我身前的这个女孩，去年年底刚满十八岁！如今却被卷入到了这么多的是非当中，她这么信任我，而我究竟有没有能力保护她呢？我张开手臂轻轻地抱了她一下，然后把她送到了食堂，然后才赶回去为出席晚宴的着装做准备。事情的真相似乎正在一步步地浮出水面，但我的后脊梁始终有一种凉飕飕的感觉。

（十）

　　辉煌的灯光下，穿着整洁光鲜的县长挺着肚子，红光满面地跟我们谈笑风生。教育局的谢局长也很健谈，他们两个人就像在唱双簧。在座的除了我们两个局的代表，还有一些县委官员，他们全都在吞云吐雾，只有我和葛辉是不抽烟人士。

　　"老王啊！这两个州里来的同志很拘谨啊！"杨县长半杯酒下肚，用手指了指我们，满脸的笑容。

　　"年轻人，放不下面子！"王局长解释着又给他敬了杯酒。

　　"怎么样，这菜还合口味吧？都是些地方菜。"县长又问我们。

　　"很饱口福！谢谢县长的款待！"葛辉笑着回答说。

县长一听，顿时乐了，旁边的谢局长也附和着笑了起来。饭桌上共有二十几道菜，一大半来源于本地民间宴，这种菜宴的菜数一般为奇数，以十三样居多。代表菜包括"油锅凳子""梅花扣肉""红糖糯米饭""酥肉""马蹄酥肉"等。另外一小半来多是当地待客用的特色美食，包括"五香坨坨肉""荞麦糕""秘制酸菜土豆鸡汤""秆秆酒"等。总之，色香味俱全，囊括了滈城县民间大厨们的智慧。

"高兴就好！我就是这么个人！希望大家都开开心心的，皆大欢喜多好！"县长开口说："最近却总有些不开心的事情困扰着我，有群众质疑我们的安保工作和教育工作存在严重问题，你们帮我看一下问题出在哪儿了？"

大家听出了县长的言外之意，一时都安静下来。县长继续说："前几天，我去乡镇考察的时候，你们猜那里的人吃的是什么？早上清水煮土豆，下午清水煮白菜！有一户人家听说我要来，拿出了好几年没舍得吃的老腊肉说要招待我。我一看，那肉已经发黄了，而且全是肥肉，小孩子站在一边，死死地盯着那块肉，这是他们当作宝贝一样的东西啊！当时我心里特别不是滋味。在座的，你们吃过这样的食物，体会过这样的生活吗？看看今天的这桌菜，我们凭什么成绩来享用它呢?"

县长在饭桌上还能够说得这么义正词严,大大出乎了我的预料。见到没人应声,他又站起身说道:"明天我又要出差去了,也不知道什么时候能回来。在临走前,我得敦促你们一下,三起命案,都发生在同一所学校,还是同一个班,影响非常之恶劣!这么久了,你们却连一起案子也没有查出结果!最多再给五天,不然就辞职吧!"

五天!在座的都听到了县长的指示,王局长自然是听得最清楚的一个。饭局一结束,他就给廖队长下了命令,要把局里所有能够调动的警员聚集起来,二十四小时轮班倒,对案件展开调查,在明天下午之前查出东风本田的所有车主。

"王局!"在他们要离开的时候,犹豫了很久的我终于把希月告诉我的情况一股脑复述了一遍。

"这么重要的线索,她当时居然有所隐瞒。"廖队长叫道。

"廖队,请你理解她的处境,虽然当时确实是错了,但好在及时改正了。"我解释说。

"这下好了,打到一只'大老虎'。听说这个李校长下个月就要升任会东县的副县长了。"

"'老虎'也照打不误！目前，既然他有杀人的重大
嫌疑，我们就要依法对他进行拘留讯问。"王局长认真
地说。

"现在局里的人都回家了，我们只能明天赶早过去扣
他了。"

"嗯！通知他们明天早点赶过来，我会发给你们拘
留证。"

次日一大早，刑警队的人就出动了，由于张志成已死，
李心怡和张荣暂时放弃了监视希月的任务，参与到了李宗
平的案子中来。他们各有分工，而我，则只是坐在值班
室里面静静地等着那个令人谈之色变的人物被带
回来。

这时候，李心怡开始按照王局长的指示整理起报刊书
籍。由于工作量较重，她跟我求助说："能帮我扎下绳子
吗？暮警官。"

我走过去，帮她把整理好的书刊用结实的绳子牢牢地
扎起来，这是我刚入职时的工作之一，干起来游刃有余。
李心怡在旁边用钦佩的目光注视着我，我一时觉得有些不

好意思。她挽起袖口，露出白皙纤细的手臂，把扎好的书刊摆放到书柜里面去。不一会儿，我就听到了她轻微的喘气声。

"我来搬吧！剩下这几叠你慢慢扎。"我跟她说。

"你人真好，暮警官！我的那些同事们平时都不愿意帮我。你作为上级，还这么周到。"她一边说着一边理了理长长的头发。

"基层是比较辛苦的，要学会忍耐。"

"嗯！我能请你吃个饭吗？"她支支吾吾地说道。

"这不太好吧？毕竟只是帮了个小忙。"我有些不知所措。

"我是想和暮警官交个朋友。"

"我们已经是朋友了。"大概我就是这么一个人，所以至今都还单身吧！

又怕她会因此难过，我补充说："忙完这阵再看吧！毕竟大家现在都在倒班，也挺辛苦的。"

"嗯！"她笑了，接着，又似乎想起了什么，跟我说："暮警官，前几天我在监视苏希月的过程中，其实也注意过你，因为你跟她有过比较亲密的接触。"

我点了点头："工作需要，我能理解。我已经把我们见面的内容都告诉廖队了。"

她连忙摇头："我不是那个意思，也不知道是不是我多疑了。我觉得，有个人多半是在跟踪你！"

"什么?!"我的后背一阵发麻。

"那个人穿着黑色风衣，戴着帽子，包裹得很严实。我从直觉上就能判断出他有问题，他跟在你后面走了很长的距离，你进学校的时候他也进去了，你出来的时候他也跟在后面出来了。"

有人跟踪我！到底出于什么目的呢？会不会是前两起命案的真凶？又或者是李宗平？然而，不管是他们中的哪一个，都没有跟踪我的理由啊！看来这一系列的案子远远没有想象的那么简单。一时间，我满脑子都是不同的问题。

滈城中学校长，也就是李宗平，他的胞兄李宗庆是现任北江省副省长，曾经凭借这层关系当上了云海县的县长。可是上任还没几年，就因为贪污巨款而被撤职，不过瘦死的骆驼比马大，他后来又当上了滈城中学的校长。任职期间，依旧恶习不改，还私自侵吞过老师们的部分补贴，东窗事发后，通过积极的补救才保住了现在的位子。这个人平日里是个狡猾的角色，但是一旦沾上酒就完全变了个人。人们说他是逢酒必醉，逢醉必疯，还时常借着酒劲追赶女学生，人送绰号"李酒疯"。他的夫人叫秦蓉，在第二中学任教。女儿已经嫁人了，听说女婿人还挺不错，经常会去探望岳父岳母。倘若他们知道了李宗平在背地里做的那些事，不知会作何感想！

此外，星隆社的兴衰也跟他密不可分。据说星隆社当时正是因为他收取社团费用用于弥补财务漏洞的需要才成立起来的，可谁料这个社团兴起以后遭到祸害的年轻人却越来越多。李宗平只好在拿到好处以后过河拆桥，配合警方大肆清理这个社团，我小叔和小姑父险些因此入狱，所以每次他们提到李宗平的时候都是满口的脏话："这个狗娘养的，我们的青春和理想全被这王八蛋毁了！"

廖队长他们把李宗平带了回来。李宗平一脸的淡定和从容，仿佛自己完全置身于事外一样，对审讯不屑一顾。我主动要求，希望可以在一旁听听他们的问话。廖队长想了想，最终点头同意了。就这样，我同他们一起见证了这只老狐狸的厉害。

"前天晚上，你们学校有个叫张志成的学生在一场车祸中丧生了。这件事你知道吧?"

"当然知道! 全校都闹得沸沸扬扬,县长还特地为这事找我谈过话。"

"这个学生你之前认识吗?"

"不认识。全校这么多学生,我不可能每个都认识。"

"但我在你办公室的纸篓里找到了一张很有意思的纸条,我给大家念念吧!"廖队长从物证袋里面取出了一张有很多褶皱的纸条念道:"尊敬的校长:你好! 我是高三(五)班的学生张志成。或许您并不认识我,但没有关系,我手里有一段关于你和一位女学生的视频,至于内容,我想你再清楚不过了。如果你不想我把它交到警察手里的话,那么请你以后最好收敛点! 另外,这次资助名额的事情就拜托了!"

"真是可笑! 廖队长随便找来这么一张恶作剧的纸条,就要对我兴师问罪了吗? 像这种东西,我每天都会收到很多,有的话比这还难听。如果你能拿出纸条上说的那段视频的话,或许我还能对你们刮目相看。"

"你觉得这只是恶作剧? 我可是听说你下周就要高升了。"

"这也跟案子有关吗?"

"这孩子如果把他说的东西交给我们，你觉得你还可能顺利升职吗？"

"你们简直是胡闹，我再说一遍，根本就不存在那种东西！你们非要歪曲事实我也没办法。"李宗平见我们拿不出那段视频，话语间似乎又增添了几分底气。

"案发时，你在哪儿？"

"我和教育局的刘科长还有两个管财务的朋友在家打桥牌。"

"但我们有目击证人在案发现场看到你驾驶黑色轿车制造了那起事故，并且还记下了你的车牌号，南-W25QH6！我们已经证实了，这正是你的车！"

"开什么玩笑！目击证人是谁？你可以让他跟我当面对质！很明显是知道我车牌号的人故意诬陷！我要求打电话给我的律师。"他咆哮道。

没多久，他的律师赶了过来，在这种地方，很少能见到从事这一行业的人，看来李宗平早有准备。

这位西服革履的律师，虽然有着文质彬彬的外表，眉宇间却流露出一种低俗。他自我介绍了一番，在了解了相关的情况后问道："请问当时目击者是亲眼看见车上的那个人就是我的当事人吗？我是指清楚地看到了他的五官。"

"现场情况特殊，目击者当时是看到了他的侧影，但凭着她对你当事人的了解，可以确定那就是你的当事人。"廖队长答道。

"目击者的视力真有这么好吗？仅凭侧影就能肯定那人就是我的当事人？这条证词明显存在大量的主观判断。而且我的当事人在作案时间上有确切的不在场证明，这点警方应该尽快予以确认。另外，如果在二十四小时内还不能拿出确凿的证据证明我的当事人有罪的话，我要求立即放人。"

没办法，对手的狡猾程度大大超出了我们的预料。廖队长只好又通过电话分别与三位证人取得了联系。结果表明，李宗平当晚案发时，确实和他们在一起打桥牌。

"既然如此，请当场释放我的当事人！"律师底气十足地说道。

就这样，李宗平和他的律师高调地从我们身边离开了，看来他对自己不在场的证明充满了信心。

"这就奇怪了，刘科长他们没理由撒谎啊！可是苏希月说的也没有问题，难道他有分身术不成？"和廖队长一起审讯的张荣提出了自己的疑问。

"你们有没有想过？即使李宗平跟张志成的死难逃干系，但是他跟'三·二三'凶杀案又有什么关系呢？所有线索到这里都集中到了他一人身上，终归有些蹊跷。还有有一点我不明白，大家想想，谁写恐吓信会这么开门见山地表明身份？威胁校长，闹不好可是要被开除的啊！不过我们如今已经别无选择，只能从李宗平入手了。我想当面问一下苏希月，当时她只是看到了肇事者的侧影，怎么就能判断那个人就是李宗平。"廖队长似乎怀疑希月在撒谎，从而将我们引入一个完全错误的方向，但我没有任何理由阻止他这么做。

"我肯定那个人就是校长！"我们找到希月的时候，她果断坚决地回答了廖队长的问题。

"为什么？他身上有什么特征吗？"廖队长问。

"没错，我曾经在被他拽到办公室的过程中踩过他的脚，当时我就发现他的脚踝鼓了一个大包，而且非常明显！出车祸的时候，那个人停下车打开车门后，侧着身子把一只脚先伸了出来，我清楚地看到，他穿着浅口皮鞋，蓝黑色的棉袜，脚踝处有一个显眼的包！"希月讲到这里，把看上去有些疲倦的眼睛瞪得大大的。

"很好！这点非常重要！你到时候愿意在法庭上指认他吗？其中可能会涉及你被他猥亵过的事。"看得出廖队长已经断定李宗平的不在场证明是伪造的。

"嗯！我已经想明白了，要让他得到应有的惩罚！"希月看了看我，坚定地回答。

回来后，廖队长当即跟我们商量："时间不等人，耽搁越久，证据毁灭的就会越彻底。现在我们必须想办法查清楚李宗平是怎么伪造不在场证明的，我们分头去见三个证人。我跟小飞去找刘科长，张荣和刘队你们去找徐干事，罗兵和小来去找周老师。"他们要找的徐干事和周老师就是李宗平所说的证人。

他们正要出发，我叫住了廖队长："廖队，我也想过去帮忙。"

"暮警官，地方案件，你不方便介入。"

"我只是在旁协助，绝不干涉你们的任何决策。"我答应过希月要把李宗平绳之以法，不能就这么放手。

"那好吧！"廖队长答应了。

　　见到刘科长的时候是傍晚七点左右。以下是他的证词：
4月25日下午五点多，由于事先和李校长约定好了谈教育
经费的拨款问题，下班后我直接开车去了他家。财政局的
徐干事和学校财务处的周老师随后也来了，我们在李校长
家一边谈事一边吃饭，聊了很长时间。吃过饭后，又借着
高兴劲打起了桥牌，一直到九点半以后，大家都醉的不行
了，然后才慢慢离开。

　　"这样说来，你们那晚上喝了不少酒？"我问他。

　　"当然，李校长的饭桌和牌桌上怎么可能没有酒呢？"
他答道。

　　"大量饮酒的情况下，你怎么能确定当时的时间是九点
半以后呢？"

"李校长他们家的墙上挂了一个大钟，像脸盆那么大。我承认，当时的情况是有点糟糕，但还没到不省人事的地步，不至于把时间认错。"

我和廖队长都沉思起来。看来刘科长是根据李宗平家里的大钟来确定时间的，那么这其中就有空可钻了，倘若李宗平把钟调快一个小时，就可以制造出所谓的不在场证明了。

"你们离开后他家还去过别的什么地方没有？"廖队长又问。

"没有，当时喝醉了，已经没精力再去做其他的事了，一心只想着回家睡觉。"

"看来问题就出在这儿了，他们当时仅根据李宗平家里的大钟来判断时间，事后又没有通过其他途径及时发现时间有误，才会被利用做了伪证。"廖队长悄悄跟我们说。

"那现在要去查那个时钟吗？"张小飞问道。

"过了这么久，这只老狐狸一定把时间又调回来了。"廖队长愤愤地说。

回到住处之后，我接到了一个陌生来电，电话那头用浑厚的嗓音说："您好，暮警官，我是李宗平。"

"哦？李校长，不知您找我有何贵干？"我有些疑惑。

"我看你对那件案子好像很上心。我们可以当面谈谈吗？"

"好啊！"我倒要看看他想耍什么花招。

"那好，我在颐和饭店摆了酒宴，恭候您的大驾。"

看样子，他是想要故技重施，对我行贿了。

酒席上，他故意谈了很多无关的话题，有几个我不认识的中年男人连同几个打扮得花枝招展的年轻女人一起依偎着坐在他旁边，他们不慌不忙地把一杯杯的酒往嘴里送。

"李校长找我来就是谈自己的辛酸史吗？"我一针见血地问他。

"呵呵，暮警官，其实我是很敬佩你的为人的。"他眯着眼说道："不过，水至清则无鱼，做人，还是糊涂一点好啊！"

"该糊涂的时候，我自然会糊涂的。但是该清醒的时候，绝不能有半点含糊。"

"恕我冒昧地问你一句，你做警察有几年了？"

"快七年了。"

"七年？哈哈，七年了才当上个正科级非实职干部。乐观点想的话，你今后最多恐怕也就止步于正处级了吧？"

"我已经很满足了。"

"可是我年轻的时候，工作不到五年就已经坐上副处级的位子了！"

"但您并不懂得珍惜。"

"哈哈！"他笑了起来："珍惜？对我来说那根本不算什么！对了，你现在的工资是多少？"

"加上一些津贴，四千出头吧！"

"这里有接近你两年工资的钱，就当是我结交你这个朋友的一点心意。等这个场子结束以后，我们再换一个地方玩个尽兴，怎么样？"他一边说着一边让身旁的人从桌下取出一个大纸袋，看得出，里面装满了沉甸甸的人民币。

两年的工资，接近十万元！多有诱惑力啊！有了它，我还可以带着父母去美丽的海边来一次旅行，因为那一直是他们的梦想。可是，我答应过希月，也答应过向婕，要亲手把眼前的这个罪人送进监狱。

"恕难从命！"我终于下定决心说出这四个字。

"为什么不好好考虑一下呢？其实我在公检机关还有其

他的朋友，少你一个我一样可以顺利升官发财的。按理说，你这个年纪也应该经历了不少的事情，难道还会天真地认为仅仅依靠法律就能解决所有问题吗?"

我当即站起身，准备离开。

"暮警官!"他叫住了我:"就算你不考虑你自己的利益，也该考虑到目击证人的安全吧? 我听说你把她视作自己的女儿的! 不出所料的话，我想要的那件东西，应该就在她手上吧? 你猜，我会用什么办法把它拿回来呢? 倘若她因此而发生意外，你确定不会为今天的所作所为感到后悔吗?"

我愤怒地回过头望着他，但却又对他毫无办法，目前，我只有一个念头:不管用什么方式，我一定要以最快的速度将他绳之以法。

睡在床上，我不停地在想:李宗平是因为背地里猥亵女学生的丑闻可能会曝光的缘故才谋杀了张志成，他应该不会把这种事情告诉他的家人才对。这样的话，他的老婆秦蓉断然是不知道内情的，她一定认为自己的丈夫是无罪的。只要我用逆向思维引导她，她很有可能就会在不经意间吐露出实情。

4月28日，我大致和王局长谈了一下自己的想法，不过由于是周六的原因，我并没有急着去找秦蓉，而是先回到家里看看爷爷恢复得怎么样了。这段时间里我忍不住又把"三·二三"凶杀案认真地梳理了一遍。

4月30日中午，学校放学后我才去第二中学找到了秦蓉。

"秦老师，我是县公安局的。您应该知道李校长被调查的事情了吧？我来是跟您了解一些情况，证明李校长是无罪的。"为了套出她的实话，我按计划撒了谎。

"我能帮你什么忙呢？"她果然对这件事情很上心。

"案发当时，也就是星期三晚上九点十八分左右，李校长被证实出现在了案发现场。他说当时他和几个朋友在家里打桥牌，可我们去问过那几个人，他们都说是十点过后才打的。会不会是他们把时间看错了？"

"上周三吗？那天晚上我守着学生上晚自习，后来批改作业，可能九点半以后才到家，那时候我先生没在家。刚好我女婿来看我们，细心的他发现时钟指的时间不对，还拿出去请人修理，修表师傅说只是被调快了几十分钟，钟没什么问题。后来我先生回来了，他说晚上约了些朋友打桥牌，朋友喝醉了，所以就把他们送回去了。这样看，他的朋友很可能是看到了那个不准的钟，误以为是十点多，实际上当时确实是九点多。"

毫无疑问，这是一个重大发现。如果真是这样的话，李宗平自认为天衣无缝的不在场证明就不攻自破了。

"现在，包括钟表师傅和李宗平的女婿在内，有两个证人可以间接揭穿李宗平伪造的不在场证明。又有目击证人苏希月直接证明他出现在案发现场，并实施了犯罪。还有一张纸条作为物证表明了他的犯罪动机。我认为，证据充分，应当立刻向检察机关提出申请，将其逮捕！"廖队长迫不及待地向王局长申请指示。

王局长同意了他的提议。不过王局长很快又想起了点什么："糟糕，恐怕来不及了。明天"五一"劳动节，等你把材料准备好，也只能找到检察院值班人员了。"

廖队长对这个猝不及防的意外却显得不以为意："那我们就来个先斩后奏！"

"不要胡来！"王局长严肃地告诫他："这件案子目前调查到了什么程度李宗平并不知晓，只要我们所有人都严守秘密就不会出问题。按照司法程序得到检察机关的批准才能采取逮捕行动，这是原则！"

5月8日下午两点多，公安局终于得到检察院发的逮捕证，立刻雷霆般地展开了抓捕行动。不过让人大失所望的是，嫌疑人李宗平已经闻风而逃了。

"一定是有人泄露了消息，我们内部可能出了问题。"廖队长的第一反应和我是一样的。

"赶快去附近问下有没有目击者发现过他的行踪，我想知道他逃往哪个方向了。"愣了好一会儿，廖队长才下命令。

这次行动吸引了大批学生的关注，大家都从教室里跑出来围在警车旁好奇地看着我们。

"让他们回去上课吧！人都已经跑了，没啥好看的。"廖队长大声冲教导主任吼道。

大家这才慢慢散开，这时，透过熙攘的人群，我看到了校门口有个穿黑色风衣的人在往我这边看，他的打扮跟李心怡的描述基本一致，看来真的有人在跟踪我！

（十二）

　　我顾不上和廖队长打招呼，连忙快步流星地跑出学校，但是那人已经没了踪影。我想了想，又沿着街道向北慢慢地走，同时敏锐地用余光往侧面瞥。我能感觉到，走了一段距离后，那个人又跟了上来，但是离我至少有五十米的距离。我故意走进一条巷子，巷子尽头是老街，我连忙躲在老街的一根电线杆后面，静静地等着他现身！然而他并没有上当，见他没有跟过来，我怀疑他应该还在巷口观察情况，于是调过头如离弦之箭般地穿过巷子，那个人似乎早已经觉察了我的意图，快步奔到马路对面，一头钻进了地摊市场，我紧随其后追了过去。

　　地摊上全是做服装生意的小商贩，由于服装质量好、价格又便宜，这里一时人头攒动，生意兴隆。

我好不容易挤到对面出口，那人早已经消失得无影无踪了。我仔细观察了周围的情况，不远处就是汽车站。等我走到门口的时候，有一辆公交车从里面驶了出来，等它开出一段距离以后，我才发现那个穿黑色风衣的人就坐在最后一排，我想追上去，但已经来不及了。

这个人究竟是谁？他坐的这班车是开往澜穹镇的，而那正好是林浩的住址所在地，难道他跟林浩被杀一案有着莫大的联系？

我回到警局的时候已经下午四点多了。看到我后，大家都关心地问："暮警官，你去哪儿了，怎么这么久才回来？"

我有气无力地答道："我可能被人跟踪了。"

"什么?!"除了李心怡之外，其他人都一脸的惊愕。

"我本来想抓住那个人，但最后还是让他给逃走了。"

"可是，没理由啊！什么人会监视你呢？"廖队长表示不解。

"我也不知道，他最后上了开往澜穹镇的公交车，我觉得他可能跟林浩的案子多少有些关系。"

"这个人极有可能知道些什么内情！你看清楚他长什么样子了吗？"

"他很警觉，裹得又严实，时刻都和我保持距离，所以我没看清楚他的长相。我只能看出他个头大概有一米七，中等身材，体格比较好。"

"这件事我们会留意的。但目前还有一桩更重要的案子需要我们去侦办！"廖队长严肃地说。

"我知道，是缉拿李宗平吧？"我回答他。

"不，虽然整件事情听起来会让人觉得有些惶恐，甚至难以置信，但我还是得告诉你，李宗平在今天下午三点四十分左右，已经在一起大巴车爆炸事故中死了！据相关证人描述，可以确定凶手是用在大巴车上安置炸弹的方式实施的谋杀！至此，我们之前查到的所有线索全部中断，作出的推断和结论也都功亏一篑。案子的复杂程度，真是匪夷所思！"廖队长说得很激动，同时还用手指敲了敲桌面。接着，他又告诉我："王局在接到通知的那一刻，已经赶过去和当地警方交涉了，如果案件转交给我们，你和葛辉同志就要同我们一块儿赶赴现场进行调查取证。现在先回去收拾一下东西吧！"

呵，已经逃之夭夭的李宗平居然死了，而且还是死于炸弹谋杀！原本案情就已经够诡异了，现在听起来更像是天方夜谭！真不敢相信这么多离奇的怪事，会接二连三地发生在我们身边。我相信这则爆炸性新闻的威力，丝毫不亚于本起谋杀案中的炸弹。真凶似乎越来越显得高深莫测了，倘若再任由这样的局势发展下去，谁会成为下一个受害者呢？

"照你刚才的说法，案件不是发生在滈城县？"我愣了好一会儿之后才把注意力转移到廖队长刚才说的话上。对于李宗平的死，我反倒不是太难过。

"是的，刚出滈城县的边境，属于峒凉县管辖的叠丘乡路段，那里四周都是大山，少有人家，是通往京南高速的必经之路。"廖队长一边说着一边起身往外走。

看来这起烫手的案子是甩不掉了，所以廖队长要先回家收拾一下。上车前，他颇为感慨地说："这还真是螳螂捕蝉，黄雀在后啊！"

接二连三的命案，不只是廖队长和王局长，连我们都感到应付不过来了，倘若事态再恶化下去，那么王局长和廖队长这次可能真的会被问责了。

我回去收拾东西的时候，刚打开门，就发现了地板上有一封信。我连忙捡起来拆开，只见里面写着几行莫名其妙的话:"警官先生,既然我的行踪已经暴露了,那我也就没必要再隐瞒了。不管你知不知道那两起杀人案的真相,都不妨继续保持这个秘密吧!因为只有这样,你和你的侄女才能安全地活在这个世界上!"

很明显这是一封恐吓信,而且笔迹潦草,其中还有几个错别字。我意识到写这封信的很有可能就是下午那个跟踪我的黑衣人,他后来应该又下车返回到我的住处,从门缝里把这封信塞了进来。不过,他忽视了一个很重要的问题,这家宾馆是整个滆城县条件最好的一家宾馆,前台和走廊都安装有监控,这个神秘的人物,即将在天眼中原形毕露。就在我思忖的过程中,一不小心失手弄翻了书桌上堆放的书籍,一张写满字的纸条从京派散文集中掉下来。

傍晚,我把拷贝好的宾馆录像拿到警局,让李心怡他们帮忙查看。细心的李心怡发现,那个人塞好恐吓信站起来的时候,正好有一个抬头的动作。

"这个镜头分辨率虽然不是很清晰,但大致可以看出那人的五官,可以拿到澜穹镇去查问。"李心怡说。

"这个人……我总觉得好像在什么地方见过!"张荣紧

锁着眉头说道。

"那就好好想想！"李心怡催促他。

"不行，我这记性不太好，只见过一面的老是记不住。"

"咦，都聚在电脑前干吗呢？"是廖队长，他不知道什么时候站在了我们身后。

直率的李心怡走上前去向他汇报了情况。

"哦？快让我看看！"他凑到电脑桌前，仔细地打量着画面上的人物，之后又拿起那封恐吓信反复揣摩了好几遍。

"奇怪！真是奇怪！'两起杀人案的真相'？他这是想表达什么意思，为什么要写这样的信呢？"廖队长不停地念叨着。

"我也是丈二和尚摸不着头脑！现在只能根据掌握的录像去澜穹镇把这个人找出来。"我回答他。

"暮警官该不会有什么事瞒着我们大家吧？"廖队长思索再三，还是直言不讳地问我。

没等我回答，李心怡和葛辉就表达了对廖队长的不满。

"您还不如直接说我们内部的问题就出在暮警官身上呢！"李心怡提起了廖队长早上说过的话。

"你这丫头，是在埋怨我吗？我只是随便问问而已。暮警官，你千万别介意。这件事是要去查清楚，不过，得交给他们去查了。"他对张荣和李心怡说："我刚接到王局打来的电话，让我立刻带人赶到叠丘进行现场调查，完事后还得把相应的物证运回来。所以就由你们负责查办这件事，可以把它一同列入'三·二三'凶杀案的调查中。这次的调查可能具有一定的危险性，要注意安全！"

就这样，我们连夜驱车两个多小时，赶赴叠丘派出所。王局长和叠丘派出所的所长给我们介绍了大致情况，由于天色太晚，只好明早再去勘察现场。

"我明天要去趟月城市，州局的领导说要我过去当面向他们汇报这几起案子的调查情况，也不知道什么时候能回来。"王局长抽着烟，表情复杂地告诉我们。

"王局，这次的命案已经惊动了副省长，恐怕您此次过去，多半是要被问责。"廖队长低声说道。

"没关系！我早就做好退休的心理准备了，真要是那样倒好，以后落得个清静！"王局长苦笑着说。

"您就放心去吧！这边交给我们，我一定会让真相水落石出的。"廖队长似乎是在给王局长吃定心丸。

这起案子是采用定点、定时爆炸的方式将受害者置于死地的，据说当地派出所光是收集死者残体都花了差不多一个小时。炸弹威力巨大，当时周围村落里面的人都听到了响声。其实炸弹本身的威力应该没有这么大，反而是炸毁大巴车的瞬间引燃油箱造成的二次爆炸才使得大巴车被完全烧毁，最终只剩下一堆凌乱的残体。

据大巴车的司机和其他乘客讲述，当天中午一点五十分，这辆从滈城到月城的末班车，在滈城中学家属院对面接上了一位乘客。当时他手里提着一个黑色旅行箱，好像还在用手机和人通话。上车后，他坐到了后排，开车没多久，他就取出一瓶水喝了起来。车子到了月城以后，司机接到电话，通知他车上有炸弹，让他立刻叫上除那个带旅行箱以外的乘客下车，如若不然，炸弹会立即引爆。司机这时才发现，那个人已经睡着了。司机和其他乘客慌慌张张下了车，没走多远，后面的大巴车就轰的一声爆炸了，随后大火便席卷了整辆车。

根据这段描述，我们可以得到几条重要线索：一是上车之前死者跟人通过电话，那个人会不会就是凶手呢？二是爆炸发生时，死者处于昏睡状态，这跟他喝的那瓶水有关吗？三是司机接到的未知来电，不管打电话的人和李宗平通电话的人是不是同一个人，可以肯定的是，炸弹的安置与那个人脱不了干系。不过他为什么又要让车上的其他人下车呢？这样岂不是会给自己留下麻烦？

（十三）

5月9日早上，我们同当地派出所的人一起赶往案发现场，王局长则乘车前往州府。

在被保护起来的一小段公路上，有一大摊被烧黑的大巴车残片，路面也遭到了一定程度的毁坏。我戴上手套，仔细地拨弄起大小不一的残片。大致看过一遍以后，又拿起放大镜仔细地观察，不时还把鼻子凑上去嗅一嗅。

我闻到了硫黄的味道！没错，在放大镜的帮助下，我发现了一些没有烧净的硫黄粉和木炭粉。

"是黑火药！"我对旁边的所有人说。

"确定吗？"廖队长问我。

"八九不离十。这节残片应该是炸飞以后，上面沾上了少量没有充分燃烧的火药成分，所以检测到了硫黄粉和木炭粉的痕迹。"

"其实黑火药的威力不可小觑，它是最容易弄到原料的炸药。凶手很有可能是从烟花爆竹厂弄到这些材料的。"

"根据目击者的描述来看，司机接到的那个号码并没有登记信息，只能从口音上听出是个外地嗓音的中年男人，车上的其他证据基本又被烧光了，现在只能从黑火药这条关键的证据入手，对整个滆城县的烟花爆竹厂进行调查，找出凶手。"

"那我现在带你们去县城里，完成案件交接的手续吧！"叠丘派出所的陈所长跟我们说。

直到5月10日，我们才彻底处理好叠丘那边跟案件有关的所有工作，赶回了滆城县。刚到警局门口，张荣就迫不及待地给我们讲述了他们的重大发现："通过我们在澜穹镇的排查，出现在监控里面的那个人已经有着落了，他叫吴成贵，澜穹镇彩云街一个五保户家的孩子，父亲残疾卧床，母亲跟别人跑了，他也因此辍学，平时都由年迈的奶奶在照顾。他和林浩以前经常在一起鬼混，收过林浩不少的好处。所以我们上次调查取证的时候，其实已经和他打过照面了。"

"你们做得很好，调查得很仔细，而且也没有打草惊蛇。"廖队长对此感到很满意，他接着又讲："这个人对'三·二三'凶杀案的侦破工作起着决定性的作用，现在我命令专案组的所有成员，带着拘留证赶往吴成贵家，把吴成贵带到看守所接受讯问！剩下的人前往县里的所有烟花爆竹厂，详细调查近期厂里的原料流动情况！"

安排完工作，廖队长轻松了不少。他微笑地看了看我："乌云总有消散的时候，我们离真相越来越近了。"

"希望是这样吧！"我说道。

"有没有时间去练习打靶？"廖队长是科班出身，所以他一向看不惯我们这些从事文职工作的警察，这也是我们俩不太合得来的原因。

"这个时候，不太合适吧？"

"从案发开始到今天，大家一直都在忙，也该放松一下了。"

我只好答应了。在武装部的训练场里，我俩酣畅淋漓地打了半个多小时。廖队长的枪法很好，而我的枪法则更让他感到吃惊，因为我曾经获得过全省射击比赛青少年组的冠军。

下午四点多，叛逆性很强的吴成贵在经过一番无用的反抗后还是被带到了县看守所。头两天审讯时，他只是耷拉着脑袋，一句话也不说。大家都很焦急，但廖队长却很淡定，他私下跟吴成贵的奶奶交谈了很久。

　　12日早上，阴云密布，小雨淅沥，院子里湿漉漉的，围墙上的泥垢被雨水洗刷得干干净净。廖队长继续在审讯室里试着攻破吴成贵的心理防线："你以为什么都不说就会没事了吗？林浩的死跟你有关系，对吧？现在不说，你会后悔的。像你这种情况，我们会上报检察院，先拘留你一个月，你认为自己很拽是吗？看守所里很多犯人比你更拽，想必你这两天已经见识过他们的手段了吧？你都多大了，还要让你奶奶和你爸爸为你操心。"廖队长把事情说到了很极端的地步，我明白，他是在吓唬这个男孩。

　　"林浩不是我杀的，你们冤枉我！"

　　"哦？那封恐吓信是什么意思？两起杀人案的真相，你最好给我解释清楚！"

　　"信是我胡乱写的，我什么都不知道！"

　　"小伙子！你还能顾及自己的家人，证明你是个有良知的人！这样的人我是欣赏的，也愿意帮助你，就看你愿意不愿意接受我的帮助！"

见他有所松动，廖队长趁热打铁："如果你能坦白说出实情，我就以有立功表现为理由，向法院提出对你减刑的申请。你是个聪明人，好好想想怎么救自己！"

"我……我爸爸和我奶奶……"

"你放心，我保证他们的生活可以像以前一样，不会受到任何影响。"

"你们想知道什么？"他明显妥协了。

"首先，你为什么跟踪暮警官？"

"其实，这些日子里我过得太糟糕了！"他叹了口气，缓缓说道："自从你们找我了解林浩的情况，我就一直担心，整晚睡不着觉。一开始，我只是想着去接近苏希月！她居然没被林浩杀了，让我感觉到很意外。你们一直都把调查的重点放在她身上，再加上这位警官跟她是叔侄关系，我根本就找不到吓唬她的机会。慢慢的，我想通了，如果这位警官早就从苏希月那儿知道了真相的话，你们肯定会来抓我。我没被抓，证明她还没有把真相告诉她叔叔，也可能是他们俩不想让真相曝光，这样一来，我自然是安全的！但我总得吃一个定心丸吧，毕竟你们一直在查，不知道是不是已经查到我头上了？谁料我在观察时被警官发现了，所以后来才写信试探。如果他看了信装作什么都没收到的话，那他一定知道真相。但我错了。"

"什么真相？你为什么要恐吓苏希月？"廖队长着急地询问。

"实际上，是我们帮助林浩杀掉了那个学生！"他低下头喃喃说道。

"是你们杀了黄尔吉？"这显然出乎了所有人的预料。

"我不知道他叫什么，之前我们从来没有见过面。林浩只是跟我们几个提到他有个情敌，一直跟他作对，所以他想当着那个女孩的面狠狠教训那个人一顿。他给了我们一些钱，让我们到时候帮帮忙。打架这种事我们经常干，又有钱可以拿，所以当时一点也没犹豫就答应了。"

"杀人的时候，除了你和林浩，还有几个人在场？"

"还有两个人，不过他们在案发后，怕被查出来，都外出打工了。"

"他们跑不掉的！你为什么没跑呢？"廖队长怒视着他。

"像我这样的家庭，我怎么可能丢下我爸爸和我奶奶呢？我贪那点小钱，也无非就是想补贴一下家用。"他哽咽着说。

"你们当那天是不是开了一辆面包车过去的？"廖队长看他难过，岔开了话题。

"那是古文兴他二爸的面包车，那天我们把它借过来，怕被人认出来，就把车牌摘了。"

"现在你可以讲一下案发时的具体情况了。"

吴成贵闭上眼睛，深吸了一口气，就像刚做过噩梦一般，用低沉的声音说道："那天下午，林浩事先约好了他的同学，就是你们说的黄尔吉，在西山竹林的空地上进行决斗。黄尔吉放学之后当然就跟林浩一起上来了，但他没有注意到，其实我们早就已经在山上埋伏好了！我们用准备好的带尖的西瓜刀挟持了他，这时候林浩和古文兴开车去接苏希月，我不清楚他们是用什么方式把她带上来的，她一下车就打算逃跑，但是很快就被林浩扯着衣服和头发，推倒在地上。这时我们按照林浩的指示把黄尔吉按在她跟前。林浩不停地抽打黄尔吉，苏希月阻止，古文兴立马锁住了她的双手。黄尔吉见状，发疯似的挣扎着跳起来，推开我们，顾不上刀子刮伤了脖子，直接冲到古文兴面前试图救苏希月。我们惊慌失措，只好拿着刀在他身上乱砍，他哀号着瘫倒在地上。林浩扯着被吓傻的苏希月走到黄尔吉跟前，又拿刀在他身体上连捅了好几下，直到他硬邦邦地躺在那里才停下。我们几个看见地上流了很多血，都吓坏了。只有林浩很淡定，拿出手帕，让我们把身上的血迹擦干净。我们用土把血埋了，又把尸体丢到松树林里，然后把黄尔吉的书包和一些有特征的衣服给烧了。林浩说只要给他毁了容，等过几天尸体烂了，就连他亲生父母也认不出来，不会有问题的。就算是真出了事，林浩说他会承担全部责任的。我提醒林浩，苏希月也看见了整个过程。林浩说：'就这样把苏希月杀掉太可惜了，毕竟她是我一直暗恋的女生。先帮我把她带回家，我自有办法处理好这件事。'所以我们帮他把苏希月塞进了车，用刀挟持着她去了林浩家。她刚开始还在哭泣，后来精神似乎崩溃了，连声音都发不出来了。"

审讯室的所有人，负责审讯的廖队长和刘浩以及负责记录的李心怡和我，都因为这番话而感到震惊，尤其是林浩的行为，令我几次怒火中烧，却又无计可施，李心怡见状，连忙倒了杯茶给我。

"后来呢？"

"后来我们都忙着回家去清洗身上的血迹，后来发生的事就不知道了！"

"你的刀藏在哪儿了？"

"怕你们搜查，我把它洗干净埋在后院了。考虑到以后可能还会用来自卫，所以才没丢掉。"

"你们是亲眼看见苏希月被林浩挟持进家的喽？"刘浩继续问道。

"是的。林浩肯定是死在她手上的，要不然她怎么不报案呢？本来我暗中观察她，是想阻止她去报案的，却发现她没有动静，后来看她跟这位警察谈过话，我猜她可能把真相告诉他了，所以也就有了刚才提到的那些推断。"

问完话后，室外大雨如注，雷声响动。大家挤在值班室里，望着溅起的雨水。一会儿工夫，门口已经湿了一大片。

"通知王局了吗？"刘浩问廖队长。

"还没有，州检察院反侵权渎职科的人好像怀疑他渎职。"

"不会吧！"大家嚷道。

"提交逮捕申请书的事情我们能做决定吗？"刘

浩又问。

"我觉得还是先拘留着，等林浩的案子解决了，再一起请王局做决定。这雨看样子是要下一整天了，但我们不能懈怠。根据吴成贵的口供，现在林浩被杀一案的嫌疑基本上可以确定在苏希月的身上了。大家分头行动，一波人去把苏希月带过来，另一波人联系杀害黄尔吉的另外两个帮凶打工所在地的警方，在最短时间内将他们带回来。此外，很明显吴成贵不具备杀害李宗平的动机，所以对于爆炸案的调查仍不能放松。"

（十四）

希　月　的　眼　睛

　　我的思绪十分混乱，听他们说话也是模模糊糊的，反倒是两滴落在瓦片上清脆的击打声更能吸引我的注意。希月被带到的时候是下午三点半，雨也差不多停了。看到她之后，我反而平静了不少。暗青色的眼袋之上，她清澈的眼眸就像湖水一般。

　　这次换葛辉记录案件，我在室外耐心地等待。不知不觉中，已经过了五点，廖队长他们才打开门慢慢走出来："虽然折腾了一番，但是尘埃终于落定了！'三·二三'凶杀案真相大白。大家都辛苦了！"

　　我想大家听到这个消息的时候无疑是振奋的，只有我面无表情地呆站在一边。廖队长见状，走上前来，拍了拍我的肩膀："说到底，还是法律意识薄弱惹的祸啊！不用太紧张，通过希月的口供，我们基本可以判断她是属于正当防卫，就算有所掩饰，也会从轻发落的。按照规定，我们现在暂时可以将她释放，不过一旦案情有了新的进展，她必须随时配合我们的调查。开庭时，她仍旧需要出庭受审，并承担部分伪造现场的责任。"

"正当防卫?"

"没错，"廖队长把希月带到了值班室，然后跟她说："先坐会儿吧！我们还要再讨论一下你的问题，才能作出最后的决定。"

廖队长私下跟我讲："当时林浩把她带到卧室，然后推倒在地板上，又扑上来扒她的衣裤和鞋子，并把这些东西丢到了门口。接着，他又用刀子威胁她站起来脱掉内衣内裤，抚摸几下之后，自己也脱掉了衣服裤子，并把苏希月按倒在床上，准备实行性侵。正好他的刀子就放在旁边，苏希月趁他不备，拿起刀子在他背上猛刺了一下，那家伙大叫一声，仰起头来准备还击，这个小姑娘又连忙拔出刀来朝他脖子上猛戳过去，就这一下，血流喷射，他挣扎了一下，就滑倒在地板上了。小姑娘反应过来以后，因为自己杀了人，感到害怕，就清洗了身上的血迹，并给死者穿上衣服，利用'二次创伤'的原理让死者看上去是在穿着衣服的情况下被杀的，从而伪造了现场。由于案发过程中她是没有穿衣服的，也就可以解释清楚那天晚上公交车司机看见她的时候，为什么她身上没有血迹。"

听了廖队长的话，我感觉头皮发麻，心情格外压抑，这时候，我姑姑和姑父也闻讯赶来了。通过交谈才发现，他们其实是知道这件事的，只不过因为不懂法的原因而作了伪证。

"你们可以带她回去，但到时候她仍然需要去法庭接受审判。另外，对于李宗平的案子，她可能随时要配合我们进行调查。"

"那件案子真的跟她没有关系，警官，她是个可怜的孩子……"姑姑说道，希月拉了拉她的胳膊，她似乎不喜欢奶奶总在外人面前说自己可怜。

这时候我小姑父也忍不住插嘴说道："是啊，警官先生，我孙女可是个受害者啊！她受了多少苦你们根本无法切身体会到。那些丧尽天良的人才是你们应该重点调查的对象，他们受到什么样的惩罚都不过分，可你们为什么要一直这样为难我的孙女呢？"

"我知道,您先冷静下,目前不是还在调查吗?您孙女跟李宗平终究脱不了干系。对了,你们有没有什么亲戚在烟花爆竹厂里面工作?还请如实相告。"

"烟花爆竹厂?没有啊!我侄子也知道。"姑姑和姑父指了指我说道。

"嗯!确实没有。"我点头答道。

"那好吧,你们可以走了。"廖队长略感失望地说道。

"我还以为她跟这案子有一定关系呢!"等希月走后,廖队长又跟我说。

"是你多疑了吧?"

"动机!她的动机是最大的,李宗平当时对她构成了生命威胁!"

"可是当时李宗平就要落网了,她没必要多此一举。"

"这倒也是,难道这又要成为一桩悬案?"

"我怎么觉得你对这件案子更关心一些?"

"有吗?可能是来自省里面的压力吧!"他说道。

"对了,县长该回来了吧?他不会又来施压吧?"

"县长那个人,是个走过场的高手!"他低声跟我说。

"怎么讲?"

"他那天晚上只是在给我们打鸡血而已！不这样的话，他在媒体和舆论面前没法下台！现在他的任务完成了，早把那事抛到九霄云外了。"

我一时感慨姜还是老的辣啊！人必真够复杂的，什么样的手段都能滴水不漏地使出来。

一周后，李宗平的案子没有进展，王局长倒是顺利回来了。当时天空还飘着雨，他手里撑着一把伞。大家都围上去跟他说这说那，关心之情溢于言表。王局长听说"三·二三"凶杀案告破，紧锁的眉头终于舒展开了。"这样的话，案子就可以移交州中级法院了。"

"没错。刘队他们已经去外地抓人了，只等把那两个同案押回来，就可以跟检察院联系了。"

"太好了，心里的一块石头总算落地了。这案子确实出人意料，一个死者杀害了另一个死者！是我们根据表象把简单的案件复杂化了。"

"可爆炸案的凶手还逍遥法外！我们问遍了全县不多的几家烟花爆竹厂，他们的原料全都用在生产上了，凶手没有可能从这条途径得到原料。"

"或许，我们可以把思路放得再宽一些。"一直在负责调查这件事的阿加小来忍不住说出了自己的看法:"曾经办过烟花爆竹厂的人也可能留有大量的原料?"

"对啊,我怎么就没想到呢!很有可能!小来,事不宜迟,你赶快就按这个方向去查,我等你的好消息。"廖队长高兴地几乎快跳起来。

他们走后,王局长叫住我,感激地说道:"云霆,这次多谢你了。"

"哪里的话!是大家的努力……"

"我是说你给州上的情况汇报,正是你对我工作的正面记录,我才能免予被问责。"

"我只是实话实说。"

我突然想起来了,他们刚才说要找出以前办过烟花爆竹厂的人,我小叔不正是这样的人吗?

（十五）

5月23日早上，廖队长的调查结果出来了，当地办过爆竹厂的人员清单里面，果然出现了我小叔暮清雄的名字，王局长的妹夫也列在了其中。

"很明显，王局的妹夫是不具备作案动机的。五年前，他们俩合伙开办的烟花爆竹厂因为一场意外事故倒闭了，赔了很多钱，剩下的大部分原料最后都交由暮清雄处理了。不过暮清雄并没有把这些东西成功卖给任何商家，他很有可能利用这些剩下的原料与苏希月合谋制作炸弹，协助她谋杀了李宗平！"廖队长又开始了他的推理。

"这只是猜测而已，要拿出证据才行。"王局长回答他。

"我们下午就去他家仔细查一查，不出意外的话，张荣他们今天下午就会把那两个逃跑的同谋带回来了，到时候就交给王局处理了。"

"案子太乱了，我都不知道检察院和法院怎么受理。"局长一脸的烦恼。

"也该让他们头疼一下了。"廖队长觉得事不关己，没必要自找烦恼。

我一言不发地走出了警局。试想，之前的案子，希月属于正当防卫而导致林浩死亡，她最多也就受到隐瞒实情的轻微处罚。倘若李宗平的死真的与她有关，那么，她就会因为故意杀人而被判重刑，这个花季少女的一生就彻底毁了。

我得给希月打个电话，把这件事跟她讲明白，但没有联系上。

下午五点十分，希月被廖队长带回了警局，他们俩的表情令人猜不透。王局长随即询问了廖队长情况，他缓缓说道："她已经承认是自己谋杀了李宗平，我们现在要正式拘留她，待供词落实以后，就将案件移送去检察院。"这于我而言，无疑是个晴天霹雳。

希月供述，李宗平在案发之后，曾威胁她管住自己的嘴。廖队长撤掉对希月的监视以后，李校长果然派人试图抓到她。在躲避的过程中，她突然想到家里还有些制作烟花爆竹的原料，只要把它们做成炸弹，再神不知鬼不觉地炸死李校长，自己就安全了。趁着"五一"劳动节放假，她在家里制作了定时炸弹，又要到了大巴车司机的电话号码。然后5月8日那天中午放学，她在公用电话亭打电话告诉李校长，说她会带着那段视频在指定地点跟他会面。李校长上当后，坐上了指定的大巴车。那辆车上放有一个两小时二十分之后自动起爆的炸弹，在这之前只要疏散那些无辜的乘客，这个坏蛋就会同大巴车一起灰飞烟灭了。

口供录完了，廖队长没有让希月马上离开。他站在审讯室门口，当着我的面又补问了希月几个问题，似乎是想通过我的反应来得到某种答案。

"你刚才的描述大体上没什么问题，但还是有几个值得怀疑的地方。"廖队长对希月说："司机接到的那个电话是个男人的声音，这点你是怎么做到的？"

"我用了从杂货店里买来的变声录音器。"

"据目击者描述，李校长当时是在喝了一瓶水之后睡着了，这是怎么回事？"

"我找准机会事先在他要喝的那瓶水里下了药……"

"就算你说的没错，可 4 月 30 日那天，爆炸案是在下午三点四十分前后发生的，那时候你们应该在上课，你哪儿有时间去打电话疏散乘客呢？"

"你错了。我们下午两点钟开始上课，一节课四十分钟，中间休息十分钟，所以第二节课下课刚好是三点半，这期间有十分钟的时间足够我打电话了。"

"好吧！那我问你，黑火药的三种原料，配比分别是多少？"

"我……不知道……但我知道制作时具体用多大分量。"

"苏希月，我怀疑你在撒谎！真的是你制作了炸弹并实施了谋杀吗？还是你在故意袒护什么人？你的舅公暮清雄是这些原料的主人，他有没有参与这起爆炸案？"廖队长厉声问道。

"真的就只有我！我早就想要亲手杀了这个坏蛋！虽然你们不相信，但我确实做到了！"希月眯着眼睛激动地答道。

"但是暮清雄告诉我们，他的烟花爆竹厂倒闭以后，剩下的原料有一部分分别给了暮云华、暮云勇和你大伯苏从杰和罗涛。你父亲苏从俊当时人在南江，根本不可能拿到火药原料，你又是从哪里弄来的原料呢？"

"我大伯外出的时候将剩下的原料存放在了我云霆叔叔家里，可我叔叔对这些东西不上心，而我对这类东西很感兴趣，所以经常会从他那里偷一部分回去做小炮仗。"

"玩这么危险的东西，你家里人难道不会管你吗？"廖队长询问希月的同时也瞥了我一眼。

"是偷偷地！他们不知道。"她喃喃细语："而且那时候家里很少有人会在意我！我以前在我舅公家的烟花爆竹厂玩的时候，仔细看过他们怎么做爆竹。"

"既然你对自己的罪行承认了，那我就照你说的把证据交给检察院了。如果再想起什么，到法庭上对法官说吧！"廖队长虽然觉得案情蹊跷，但是结案心切，也就没再多问。

我刚想为希月辩解，却又想到自己的身份，况且上次还因此和廖队长闹过矛盾。两面为难当中，希月已经在笔录上签了字。那一刻，我就像是个吃了黄连的哑巴，站在一边急的说不出话来。

"到时候你可能需要出庭作证！"廖队长私下对我说。

"什么？我！"我的额头已经冒出了汗。

"嗯，她是利用苏从杰存在你那里的火药原料制作的炸弹。苏从杰目前不在滴城，所以只能先由你一个人来证明了。"

听到这句话我感觉就像是在毫无防备的情况下被人打了一巴掌，很痛，但是却又避无可避。

"什么时候开庭？"

"不知道。我们很快会写起诉意见书，并把相关的证据和材料交到检察院，他们会在一个月内给我们答复。如果公诉科认为没有问题的话，就可以在州中级人民法院开庭了。"

"但是这其中涉及了几起不同的案子啊！包括黄尔吉案、林浩案、张志成案，还有李宗平案。"

"但是涉案人都是同一个！除了黄尔吉案和张志成案，苏希月是目击证人以外，林浩案和李宗平案都与同一当事人有关，基本上可以在同一时间段内审理。"

"我想，这个小丫头的话不可以全信啊！而且，她还有不到两个星期就要高考了！"我用商量的口吻跟他说。

"你的意见呢？"

"应该继续取证，比如确定一下她通过变声器发出的声音是不是和大巴车司机听到的一致……"

"暮警官，请你不要忘记州检察院反渎职侵权科对王局长的调查！谁知道他们下一刻会不会查到你我的头上！这次可是苏希月主动认罪的！我有必要提醒你，这件案子由不得我们做主，我可以给她两个星期，但是谁给我两个星期呢？好好地作你的证吧！"他一边说着一边埋下了头。

什么意思？难道就因为死者是李宗平，所以就要这么快给出个交代吗？我一时说不出话。

那天，林浩的同伙被押回来了。希月的父母闻讯也从外地赶回来了。他们一家人见了面，但是由于许久没有接触，显得有些生疏。

廖队长他们果然从希月的卧室搜出了变声器，她被押进看守所的事情在学校里也炸开了锅，许多人只听说是她杀害了林浩和校长，并不知道内情，竞相疯传她是蛇蝎美女，不希望再看到她回学校，除了以向婕和王千羽为代表的几个要好的伙伴！也就是那天，我才知道，原来王千羽是王局长的女儿！这几个女生正是通过她的关系才在公安局门口争取到了与希月见面的机会，不过希月并不愿意见她们，她已经失去了见任何人的勇气。

"向婕，你们先回去吧！"我跟她们说。

"她要被关多久？"她们显然还不知道事情的严重性。

"可能会有一段时间，不过别担心，我会帮助她的。"
我安慰她们。

"暮警官，我们相信你!"向婕还是那句话:"李校长现
在已经得到了应有的惩罚，你答应我的事情已经办到了!
我那个小锦囊就快做完了，你离开这里之前，我们会写一
些祝福语放进去，把它送给你，留作纪念!"

我眼睛有些泛红了:"谢谢你! 也谢谢你的朋友们!"

　　5月30日，雁山州检察院公诉科通过县公安局对所提供案件材料的核实，认定滈城县公安局和滈城县人民检察院所呈述的内容属实，于是写了公诉书，正式向人民法院对几起案件提起公诉。法院在一周后给出答复，将在6月6日至8月中下旬进行开庭，所有涉案嫌疑人均要在六月五日前送往州公安局看守所，做好庭审前的准备。

　　普普通通的6月4日，对我而言却是个惊心动魄的日子。下午两点过七分，四名特警负责将吴成贵三人以及希月送往州公安局看守所，我和葛辉同路打道回府，正好和他们同路。葛辉开着警车紧紧跟在囚车的车后面，与以往不同的是，为了应对突发情况，这次我们俩身上都配了县公安局下发的9mm警用转轮手枪。

安宁镇位于京南高速附近，只要过了这个镇，就意味着可以上高速了。但在抵达安宁镇之前，依旧会穿过一段怪石横生的山路。就是在这条空旷的山路上，我们遇到了袭击！

　　当时，路面上事先放置有两个挡道的箱子，我们不得不为此而停下车来。囚车上正、副驾驶座位上的特警下车准备查看箱子。突然间一阵巨响，泥土四溅，两人瞬间就被掀翻在地。我和葛辉见状，连忙开门下车，想要守护车里的犯人。这时候，囚车上的另外两名特警也下了车。还没等我们站稳，远处有两辆摩托车飞快地朝我们驶来，我看见他们手里拿着引燃的炸药包，两名特警在混乱中朝摩托车开了两枪，也不知道有没有打中。两个丢过来的炸药包就分别在我们身边爆炸了。反应灵敏的我连忙扑倒葛辉，只感觉耳朵轰隆隆地响，等意识恢复过来的时候，摩托车上的人已经把希月接上了车，朝安宁镇方向开去。

　　有人劫走了嫌疑犯！四名特警受了重伤，没有经历过这种事的葛辉还处在惊吓之中。所幸的是另外三名嫌疑犯都毫发无损。

　　"太可恶了！实在是猖狂！我从警这么多年，还是第一次遇到这种事！"王局长愤怒地在办公室里面踱步。

"王局，我早就觉得苏希月的案子不止她一个凶手，现在这件事印证了我的判断。这伙人劫走了她，又往安宁镇方向跑，无非是想上高速公路逃往外地，请立刻联系交警在缴费口进行堵截。"廖队长提议。

"嗯！现在省厅和州局已经介入了这个案子的调查，我马上把你的建议告诉他们。"

五个多小时以后，沿途追捕的警察发现了两辆被丢弃的摩托车，可以判断的是，他们中途出了高速，应该是改乘汽车逃往南江方向了。

"他们是做足准备的，在哪里动手，如何动手，从哪里逃跑，都策划得很周详！"王局长叹道。

"我去苏希月家里查过了，她父亲和刚回来不久的大伯有重大涉案嫌疑！"

"省厅已经准备对嫌疑人发起全国范围内的通缉，你把他们的资料整理一下，发到处长邮箱去。"

之后，还不到两个小时，州检察院的人找上门来了。

"你好！你是暮云霆警官吧？我是雁山州人民检察院反渎职侵权调查科的负责人，我叫雷松，这两位是我的同事，想要跟你了解一些情况！"领头的是身穿笔挺西装的中年男人，一脸严肃地跟我说道。

随后，葛辉和廖队长也同我一起，坐上了开往检察院的公车。

"这么晚还把你们找过来，真是不好意思，我们也是接到上级指示，想要了解案发当时的一些细节。希望三位理解。"

见我们点了头，他又说："暮警官，这次你来滈城县主要是负责什么工作？"

"按上级指示，我负责协助'三·二三'凶杀案的侦破工作，主要是提供技术援助。同时也会对案件侦破过程进行记录。"我如实答道。

"在逃的苏希月是你什么人？"

"是我侄女！"

"你认为自己在办案过程中，是否有意或无意地对她有过包庇行为？"

"我认为没有！"

"是这样吗？廖警官。"他把目光转向了廖队长。

廖队长答道："我认为暮警官在本案中恪尽职守，不存在越权或包庇的行为。"听到这个回答，我内心涌起了一阵暖意。

"但是我听说你们为此事有过非常激烈的争论？"雷松不依不饶。

"没错，但我们是完全按照相关规定来进行讨论，大家对案件的理解不同，发生争吵是很常见的。"

"葛辉警官，你觉得你的上司是个什么样的人？"他转身问葛辉。

"虽然跟指导员一起工作的时间还不到一年，但他在生活上像大哥一样扶持我，在工作上像老师一样指导我。他是一名出色的警察，多次得到厅里的表彰。"

"今天下午案件发生时，你都看到了什么？"

"就像一场噩梦！我是个法医，平时没有机会加入到这种行动中来。那两个箱子爆炸后，我完全慌了，正在思考该怎么应对，就看见身前的两位特警被炸飞了，然后是指导员扑过来救了我。这时炸药包在我们身边爆炸了。等我清醒过来，摩托车已经跑远了。"

"听说当时滆城县公安局是给你们配发了枪支的，可以让我们检查下你们的配枪吗？"

听到这句话，我忍不住开口应道"看来你是在怀疑我们跟劫囚车事件有关了？我们的枪都已经还给县局了，你可以去核实你想知道的任何情况，这是你们的权力！"

由于当时已是凌晨一点多了，雷松暂时放我们回去休息。母亲还担心着我的事情，给我打来了电话，但我根本就没有心思去细听了。

第二天，雷松他们去县局里仔细查看了我和葛辉的配枪，同时也询问了王局长一些情况，走出来以后，他笑着对我说："昨天真是抱歉！看来两位的枪都没有问题，是我们多疑了。"

我对他的反应感到吃惊，但还是礼貌性地回应了他。

"也不知道嫌犯能不能追回来？"他问王局长。

"目前正在联合南江警方进行搜捕，不过难度很大。他们后来应该是开了一辆皮卡连夜沿着国道进了南江省境内的。"

"那可就难办了。"

"已经发布了通缉令，就算他们躲也不会躲的安稳。我们正在对他们的家人做工作，希望能起到作用。"

雷松走后，王局长对我和葛辉说："'三·二三'凶杀案以及其他几起案件也算破了，现在通缉苏希月是由省厅和州局负责的，你们俩可以准备一下回去了。"

我们俩向王局长敬了个礼，这两个多月以来，他在很多地方都照顾有加，一时竟有些不舍。

张荣和李心怡他们拉着我们俩聊了很久，李心怡差点哭了，我连忙说了个冷笑话改变气氛。我不喜欢太煽情，但有时候又会不自觉地动情。

还有向婕，听别人说，她来晚了一步，我们已经离开了。她后来沿着公路追了很远，手里一直紧紧地握着要送我的礼物。

（十七）

7月23日，离"三·二三"杀人案刚好满四个月。刑警队得到南江警方通知，苏希月已经投案自首，当日参与劫走人犯的苏从杰兄弟也落网了。

25日，我见到了希月，她脸色憔悴，神情呆滞，耷拉着眼皮，一副无精打采的样子。我还没来得及跟她说一句话，她就被押往了看守所。

支队长老宋告诉我，苏从杰兄弟逃到南江以后，在一个小镇上落脚，为了躲避追捕，他们几乎生活在封闭的环境中。后来，那个小镇的一个警察在查房的过程中，被苏从杰兄弟打成了重伤，然后他们又仓皇出逃。苏希月被当时的场面吓坏了，再加上她的心理方面早就因为这几起案例出过问题，如今旧病复发，最后选择了自首。

听到这儿，我心里反倒是高兴的，因为我一直担心四处逃窜的流亡生活会加重她的精神压力，甚至有可能危及生命。

州局在次日就向检察院提出了起诉申请书，第十天，检察院将公诉书递交法院和当事人。法院决定，一周后，庭审正式开始，到时候，负责过案件督办工作的王局长和廖队长也会赶过来陪审。而我，将会以证人的身份在李宗平被害一案中指证希月，证明她从我那里取走了部分用来制作炸弹的原料。

姑姑和姑父他们一大堆人很快就闻讯赶来，我母亲也在其中，不过，只有我明白她此行的真正目的。

傍晚，母亲跟我一起漫步在月城市干净而宽阔的街道上，五彩的霓虹灯就像是彩色的星辰一般，让城市的夜色变得像星空一样深邃。

"你什么也别想了，安安心心地作证就好！"母亲跟我说。

"妈，"我迟疑地说："这个证，我不能作！"

"别乱说！"她呵斥我："你想为了希月把工作都丢掉吗？很多人都在怀疑你包庇她，这是你们领导给你的机会，你要用行动来证明给他们看！"

"希月是无辜的！林浩、李宗平，这些人才是真正的罪犯！案件发生的时候，她很需要我的帮助，但我却不在她的身边！我是她心目中最正义的警察、最敬爱的长辈，这个时候我怎么能做出这种事呢？"

"我也替她感到痛心，但既然杀了人，她就应该承担责任，法院不可能因为你不作证就不定她的罪了！"

她注意到了在一旁卖烤红薯的商贩，于是掏出钱买了一个给我。

"别想太多了，我们一直以你为傲，相信你会作出正确的选择。"

我不由地想起了二十年前，那时我还小，家境很差，母亲为了维持生计，假期里也曾在火车站卖过烤红薯，无论是严寒还是酷暑，她都要颤巍巍地推着重重的烤炉走去火车站，从早上一直守到下午。在等待当中，她慢慢地老去，而我则被慢慢养大了。

8月13日，滆城县发生的一系列杀人案件的审判正式开始，审判员、公诉人、辩护人、被告都已经就位，审判长就相关流程和法律程序作了简单的说明，然后对被告人的罪行予以了确认。用了一周的时间，黄尔吉被杀案终于一锤定音，三名帮凶分别被判处了相应的有期徒刑。这对于黄尔吉的家人也算是些许安慰。王局长和廖队长当时也坐在旁听席，但我们并没有为此做太多的交流。随后两天，林浩被杀案也有了定论，但林浩的父母显然对结果很不满意。

8月21日，张志成案进入审判阶段，大大出乎我意料的是，李宗平的家属居然出现在被告席上，聘请了省里最有名的律师团试图给他"平反"。案子很快就进入到激烈的自由辩论阶段。

"各位法官，我的当事人李宗平先生，一生以树人立德为目标，在滈城中学奋斗多年，培养出了一批又一批的杰出人才！如今却蒙受故意杀人的不白之冤，这对他和他的家人都是有失公平的！"辩护人仍旧是那个西服革履的中年律师。

"据当地警方提供的目击证人和相应证物来看，我们确实有充足的理由认为李宗平先生就是张志成被杀案的凶手。"公诉人丁毅辩驳道，他是州检察院公诉科的检察官，也是我的高中同学。

"哼哼！"辩护人冷笑了一声，走到审判台前，大声说道："各位法官，还有现场的所有见证人！刚才检察官说到的那位目击证人，就是这个有着心理障碍的高中女孩！这一点，刑侦支队早已经确认过了。以她目前的情况看，我怀疑她在神志清醒的情况下，是否具备正常的辨别能力，能不能看清楚案发时的真实情况！"他抬手指向了此刻正站在证人席上的希月，脸上写着两个字——冷酷！

希月有些单薄的身子开始颤抖，她紧张地用手指摸索着席位上的桌面，刚要开口，却被法官抢了先："辩护人，请注意你所说内容的真实合理性！"

"我这就给大家证明我的判断！请允许我对证人做一项测试，一项很简单的视力测试。"

"同意！"

他悠闲地走到希月跟前，举起两根手指在空中晃了晃，然后问："看得清吗，我举的是几根手指？"

"两根！"希月撑大了挂着黑眼袋的眼睛，果断地答道。我这才注意到，她的那双大眼睛看上去非常水肿。

"我有必要提醒辩护人！目击证人的视觉是正常的！"丁毅严肃地说道。

"未见得是正常的！"律师一边回答说，一边从席位上取了一张方形的纸向远处走去，这时候，他把那张纸举在半空中问道："现在呢？苏希月，请你告诉我，这张图上一共画了几个圆？"

希月不停地眨着眼睛，两只眼睛几乎眯成了一条线，才勉强从嘴里挤出两个字："三个？"

然而那张图上分明画的就是奥迪车的四环车标。庭上一时哗然，我的手心上全是汗。

"好吧！现在呢，现在是几个呢？"辩护人脸上就像绽放的花朵一样，他高举着那张被翻过来的纸，指了指上面的奥运五环图案，如同在炫耀战利品一般。

"是……"希月揉了揉眼睛，她的额头上已经冒出了汗："是四个。"

这个答案一出口，我似乎听到了胸腔里面有什么东西碎掉的声音。

"肃静！"审判长竭力稳住了有些失控的现场。张志成的亲属，还有我姑姑他们，都得到了相应的警告。

"显而易见！目击证人的视力存在严重缺陷，在这种情况下，她又怎么可能看清楚案发时的车牌号？甚至我当事人脚裸处的大包呢？这样的证词，根本不具有可信度！公诉方怎么能依据不具有可信度的证词来证实我的当事人在案发时出现在了案发现场呢？"辩护人趾高气扬地说道："审判长，综合上一起案子来看，苏希月在杀害林浩之后，长时间没能跳出心理阴影，由此在身体上也产生了一系列的病理变化！这其中，就包括她的视力！以她的证词来看，我的当事人曾经在醉酒的情况下对她有过猥亵行为，她借此嫁祸也情有可能！"

"我没有说谎！那天晚上我真的看见他了！你为什么要污蔑我！"希月情绪有些失控。

"证人，请控制你的情绪！"审判长提醒她。

"审判长，合议庭，我觉得以她当前的精神状况不适合参与到辩论中来。本案最关键的证词存在明显的漏洞，有必要重新进行取证！"

一番商讨之后，这件案子最终因为证据不足，被退回了公安机关。这个结果，似乎也就意味着李宗平一家胜诉了。庭上每个人表情各异，在我耳中，则只听到了整个世界最无耻的笑声。

8月28日，最引人注目的李宗平被杀案也拉开了审判的序幕。

到了举证阶段，我按照法庭的安排出现在了证人席上，先是要确认身份，然后宣读证人誓词。

"暮云霆警官！"丁毅问我："请问你是否认识庭上被告人苏希月？"

"当然！"我觉得这些程序性的语言已经到了让我厌恶的地步。

"被告是否曾经从你那里取走过一定数量的硫黄、硝石，还有木炭粉？"

"没有！"我坚定地答道。

这时候旁听席上骚动起来了。我看到，林浩的家人、李宗平的家人都在伸着脖子等待希月被判刑，显然我的话让他们失望了。至于我的母亲，我没敢看她的表情。

"我有必要提醒你，作伪证是要承担法律责任的。"丁毅似乎在用警告的口气告诫我。

"这点我很清楚，不过我可以确定刚才的回答没有作假！各位法官，我想请求给我三分钟的时间，让我把我所了解的情况做一个澄清！"

法官们商议了一下以后，审判长说道："同意，但请说与本案有关的事情。"

我点了点头:"我当然清楚李宗平不是苏希月所杀,因为杀了李宗平的人此时此刻就站在这儿,是我!是我杀了李宗平!同时,也是我帮他们策划了劫囚车。我根本不应该出现在证人席上。被告席,才是我真正应该待的地方!"

我的话还没说完,庭上秩序已经乱了,法警连忙阻止旁听席上的躁动。

突发状况让法官措手不及,不得不宣布休庭。希月瞪大了眼睛看着我,眼泪止不住流了下来,她声嘶力竭地朝法官喊道:"他在说谎!我才是凶手!"但显然是徒劳的。

从法庭出来以后,我被戴上了冰冷的手铐,李宗平的家人冲过来要扯打我,虽然被同事们及时阻止了,但李宗平的妻子秦蓉一直在不停地叫嚷:"你这个混蛋警察!之前就用假话骗取我的信任,现在又来欺骗法官!你以为你还能够得逞吗?"焦虑的母亲在一旁无助地看着我,来不及解释,我就被押往看守所了。

（十八）

没过多久，王局长和廖队长便急匆匆地赶过来看我了，由于之前此案是由他们负责的，所以他们自然也参与到了对我的调查中来。

"这是怎么回事？"廖队长问我。

"她在替我顶罪！"我喃喃说道。

"是你制作了炸弹，并实施了谋杀？"

"没错，我得保护她。你们当时撤掉了对她的监视，同时也是撤掉了对她的保护！这无疑把她暴露在了危险之中！再加上我曾经给向婕作出过承诺，机会稍纵即逝，我必须以最快的速度在李宗平摆平这件事之前让他伏法！当然，这只是其中的一个原因。"

"让他伏法？可是我们当时不就快要逮捕李宗平了吗？

还有，你的其他原因又是什么?"

"呵呵!"我冷笑说:"我们真的可以逮到他吗? 警察局有他的人，这是他亲口跟我说的。以他的关系，就算被抓到了也是重罪轻判，目前张志成案的审判结果不就是最好的证明吗? 这样，希月作为目击证人的处境只会越来越危险。另外，随着希月在'三·二三'凶杀案中的疑点越来越多，她可能随时都会被你们关进看守所，最美好的花季乃至对未来的憧憬都会因此而毁灭。所以在她被正式刑拘之前，我必须想出解决的办法，至少也要先拖到她高考结束以后!"

"还有，"我顿了顿才继续说道:"虽然我早就从向婕口中得知了李宗平猥亵女学生的丑闻，但终归空口无凭，再加上被'三·二三'凶杀案扰乱了节奏，所以没能及时跟你们反映这个情况。直到从希月口中得知那段视频的消息后，我才意识到这其实是一个很好的契机。我只需要假借张志成的手笔给李宗平写张纸条，一旦他做贼心虚涉足进来，你们查案的重心就会不知不觉地往他身上转移，同时，我拖延时间的目的也就达到了。至于他会以什么方式涉足进来，我不知道，所以张志成的死对于我同样是个意外。

可惜那段作为猥亵案唯一证据的视频已经被希月删除了，法律根本奈何不了李宗平。我想，如果这时候李宗平也发生意外的话，那他和'三·二三'凶杀案之间的关系可就真的解释不清楚了，这既能让李宗平得到应有的报应，又可以让两起毫无关联的案件混淆在一起，形成一个致命的误区，这些就是我全部的用意。"

"那张带有恐吓意味的纸条居然是你写的？说实话，我也曾怀疑过这一点，但从来都没有想到你身上去。现在听你这么说，难免有些心寒。原来你早就知道视频的事了！不得不说，这招移花接木的方法是很高明，几起案件至此已经全部集中在了李宗平身上，一旦他死了，你只要在细节方面稍做文章，整个'三·二三'凶杀案就会被两件毫不相关的案件牵着鼻子往错误的方向上走，完全可以达到一石二鸟的目的。但吴成贵的出现还是迫使你的计划失效了，对吧？一旦他落网，'三·二三'凶杀案真相大白，你这招转移凶手的方法也就没有什么用了！不过让吴成贵落网可是你自己的抉择，想必你早已经想好了后路吧？还有苏希月，如果那起爆炸案她不认罪的话，我们绝对没有足够的证据来逮捕她，谁知道她为了保护你竟然甘愿接受本不该属于自己的制裁，这就迫使你不得不道出真相来保护她了。我记得28日、29日那两天你回家了，炸弹应该就是在这个时候做好的吧？然而，你是怎么安置炸弹，并让他顺利走入了你的圈套呢？"廖队长他们疑惑地问我。

"没错，由于旧料明显不够，我在29日那天又使用新购进的原料做好了炸弹，并把它放在了密码箱里，这一切都是匿名保密进行的。27日晚上，李宗平曾摆宴想要收买我，见我不答应，最后转而威胁我。我当时心生一计，索性假装答应了他。于是我收下了钱，告诉了他一些案子的调查情况，就这样取得了他的信任，接下来取回视频和劝希月保持沉默的任务自然也就落在了我的头上。5月8日早上，在逮捕证批下来之前，我找机会通知了他这个消息。'我已经知道了，不过他们就算把我抓到了又能怎么样，我手上一样捏有某些人的把柄，大不了最坏的结果就是比比看谁的晚景会更惨一些，不过我现在还没有走到这一步。我能不能翻盘，就要看你和你的侄女怎么做了，暮警官！'看来有人早已经把消息透露给他了，他正准备回家收拾东西逃跑。'你现在不能去火车站，你能赶上的最快的一班火车也得下午三点半了，那时候，你还在漓城县境内，照样会被抓回来。'那我该怎么办？我的车牌号早就被你们锁定了。''乘大巴车往南逃走，我会尽快劝服苏希月不指证你，你也知道她这个人比较固执，但我已经从她身上拿到了张志成的手机，把它连同某些对你不利的证据一起放在了你家门口的一个黑色袋子里面。不过这些证据都是放在密码箱里的，只有她才知道密码，等我说服她了，就打电话过来告诉你密码。你确认完这些证据无误之后再把它们销毁掉，然后你就可以正大光明地回来了。'"

"所以，那个炸弹，实际上是他自己带上车的？"廖队长问我。

"没错，他把密码箱装进旅行箱里，一块儿带上了车。炸弹上设有个定时装置，一经启动，两小时之后就会爆炸。但我不想让其他无辜的人给他陪葬，所以在爆炸前通知了大巴车司机。"

"你怎么知道司机的电话号码？"

"大巴车上都写有司机的联系电话，我事先观察过。"

"那你又是怎么让李宗平毫不抗拒地就喝下了那瓶水，使他在案发时昏睡不醒呢？"

"因为那根本不是水，而是酒！安眠药难溶于水，却能在酒中水解。一个嗜酒如命、逢酒必醉的人，在这种紧张的时候，断然是敌不过美酒的诱惑的。于是我告诉他，袋子里已经给他准备好了两瓶好酒，可以用来打发这段漫长而枯燥的时间，实际上里面早就放好了过量的安眠药粉末。安眠药是在那之前给我爷爷开的，一直没怎么用，这次索性就用在他身上了。"

"这件事，苏希月是知情的?"

"她只是知道大概情况，所以才会盲目地替我顶罪。那段时间李宗平一直在威胁她，她迫不得已只好打电话向我求助。我安慰她说没事，并大致讲了我会怎么做。她当时的心理状态已经非常糟糕了，经常整晚失眠，视力可能也就是在那段时间里下降得最厉害吧！另外，她到现在都不知道，其实张志成的意外死亡是由我间接造成的。"我沉重地答道。

"还有，关于劫囚车那件事，我知道根本不是你策划的，因为这样做对苏希月根本不可能有任何实质性的帮助！你应该在经过一番思想斗争之后做好了在法庭上自首的准备才对。"廖队长低声问我。

"现在，我没有什么可隐瞒的了。"

　　"还有最后一个问题，你是不是早就知道苏希月杀害林浩的真相，却迟迟没有告诉我们。"廖队长想了想问道。

　　"刚开始的时候我当然不相信希月会是两起杀人案的凶手，可是后面不利于她的证据越来越多。我一方面是私心作祟产生了动摇，另一方面则是担心你们迫于压力的缘故据此结案，所以才会急着想利用张志成和李宗平的案子来为她脱罪。哪知道在张志成被害的那晚，患有精神衰弱症的希月就熬夜把她杀林浩的实情写在一张纸上，并且夹在了我常看的京派散文集里。可能在那种高压的情况下，她特别需要以这种方式来倾诉这个藏在心底的秘密吧！但是当时我们正在调查张志成的案子，我根本没有闲心去看书。直到吴成贵出现，他的那封信给了我某种提示，我又无意中发现了那张从书中散落出来的纸。这时，我才突然明白过来，希月是正当防卫，所以吴成贵的威胁对我根本起不到任何作用。反过来，我正好可以借张志成的手把这帮混蛋送进监狱，给黄尔吉的家人和希月一个交代，毕竟他们才是内心最为痛苦的受害者。尤其是希月，她差点就死在林浩的手里！只可惜李宗平已经叩响了死神的大门无法回头了。好在希月在'三·二三'凶杀案中的嫌疑已经排除，我答应向婕的事也做到了，后面的事情怎么发展都无所谓了！所以我把爆炸案的嫌疑通过黑火药转移到了我的身上，这样哪怕是事发了，责任也由我来承担。其实我想过，即使你们按照黑火药这条线索进行调查，也不可能对我构成太大的威胁。哪怕阿加小来想到了过去办过烟花爆竹厂的人也可能存有大量的原材料这个盲点，但藏有这些原材料的人不止我一个，而且我们暮家这两年每户的存放量都少得可怜，跟爆炸案根本没有必然联系。但我偏偏没想到，希月竟然会急着替我顶罪，最后又把嫌疑都绕回了她自己身上！然而我并不对自己看似多余的所作所为感到后悔，毕竟李宗平他终究还是罪有应得，而我所代表的正义，可是连法律都没能兼顾到！也只有我，才能真正地保护好那些被他侵害过的人！"

"在这件案子上你能够表现得如此自信，想必还有另外一些不便挑明的内情吧！然而，在案件调查过程中，你非但没有引导苏希月往正确的方向走，反而是采用这种极端的方式来替她脱罪，真是遗憾！在你口口声声说着正义和法律的同时，却不知道作为一名执法者，其实你的这些行为早就已经凌驾在了法律和正义之上！你所谓的不后悔只不过是自欺欺人而已，你内心背负着的罪恶感才是促使你走到今天这一步的根源所在！"廖队长感叹道："这样的结果真是让我们难以接受！暮警官，我们曾经是战友，如今却仿佛成了敌人。"

"不管怎么说，廖队，王局，时至今日，我已经完全失去了做一名人民警察的资格。还好我可以选择做一个合格的长辈，不用让我的侄女来替我顶罪，但同时我又愧对自己的父母。王局，你曾经说过，亲人是最宝贵的财富，我现在深有体会。能拜托你帮我安抚一下他们吗？"我眼睛里不经意地泛出了许多泪花。

"这点你可以放心！你家里的事情就交给我了，无论什么时候，你都要好好表现，不要轻易放弃，争取减刑！"王局长忍住悲伤，真切地对我说。

走出看守所后，廖队长又当着所有从滴城赶过来的参庭人员的面大致讲述了一遍这件案子的前因后果。比较有心的是，他讲这些的时候特地避开了我的母亲。不难发现，大部人都是一副难以理解的表情，沉默片刻后，人们总算议论纷纷开始散去，我姑父用一种复杂的口气感叹道："真是可惜，他是那么优秀的一个孩子！"

廖队长也准备离开，大巴车司机却走回来拦住了他："廖队长，我有一个很重要的问题要给你反应，那个声音，我是指电话里的那个声音，我刚才又听到了……"案件又到了调查取证环节，希月虽然暂时得到了保外就医的机会，渐渐远离了监狱的大门，但我知道，从此时开始，她已经不可能跳出舆论的监狱了！希望她能够顶住压力，不要错过明年的高考。

　　家人探望我的时候总是哭天喊地，这反而让我更加压抑。希月每个星期都会给我写信送到监狱。她说天空每天都好高好高，大雁开始南飞了。葡萄也已经成熟了，她给我摘了点，到时候送过来。

　　我想让她脱离我的世界，开始崭新的生活，所以并没有回应她，但她依旧如期地写着。突然有一次，我发现信纸上有几滴干掉的血迹，介于她精神上的问题，我很担心她是不是做了什么傻事。我连忙请葛辉帮忙，让我见见希月。

　　那时候已经是九月下旬了，但对于我而言，春夏秋冬不过就是加床被子、添件衣服的事情。希月来了，她穿着漂亮的白色连衣裙，头发上戴着美丽的发夹。不过，她的步伐出奇地缓慢，由狱警搀扶着把她带到了我的身边。

我看见她的脸明显瘦了很多，好在还安然无恙。我们聊了很久，大多是互相鼓励和安慰的话语。整个过程中，我发现了一个问题，她的眼睛虽然还像初生婴儿的眼睛一般清澈，但是几乎没有眨过眼皮。我只当是她视力下降了的缘故，并没有太在意。

"这是向婕托我送你的。她让我告诉你，不管你是不是罪犯，在她心里都是个英雄。"她把握在手里的一个粉红色、绣有漂亮花纹的心形绒线包小心翼翼地递给我。

我把它攥在手里，准备和那个彩色结一起珍藏起来。

"我知道你一定会救我的！"她自言自语地说道。

"为什么呢？"我问她。

"还记不记得我小时候经常问你：'如果我掉进水里了，而你又不会游泳，那你还会不会救我？'"

"嗯！那时候，我说我一定会救的，因为你是我的幺女儿。"

说到这儿，我伸出手去准备摸一摸她的额头，但很明显，她呆滞的目光丝毫没有发现我的动静。

我这才意识到，她已经失明了！我感觉头脑一阵眩晕，眼泪夺眶而出，那封带血的信，一定是掺和了她的眼泪滴落在信纸上的。我想要抱住她，但还没等我的手碰到她，探监时间就到了。她缓缓地站起身，摸索着，在狱警的引导下走出了探监室。

　　"暮警官，"这时候，廖队长和支队的同志突然急匆匆的冲了进来，他们走到我面前激动的说道："你这个顶罪的做法简直太不理智了！我们已经查出了杀害李宗平的真凶是谁，这个人不是别人，正是你的小姑父苏群啊！他为了保护自己的孙女，在你小叔暮清雄的怂恿下，利用暮清雄制作好的炸弹炸死了李宗平。他原本是想给李宗平一些好处，然后协商着摆平那件事的，但很明显李宗平根本没把他当一回事，不仅直戳星隆社对他造成的痛处，更是霸道的提出了拿回视频的要求，所以他才起了杀心。在犯罪手法上，基本和你描述的一致……"

　　虽然我没仔细听他们接下来说的内容，但这个结果对我而言并不是太难想通。对孙女的溺爱、对法律的无知、再加上星隆社和李宗平的缘故，终于迫使这个谨小慎微的商人将内心蓄积了很久的怒火彻底爆发出来。

　　真相确实大白了，可惜一切都回不去了，虽然我们都做了很多，但想到希月，想到她的眼睛……我一下子就呆立在那边，许久不能动弹。此时此刻，我才切身地感受到某种比死刑更可怕的东西正向我席卷而来，是绝望！它正一点一点地将我吞噬殆尽！

后记

希 月 的 眼 睛

车上，驾车的廖队长询问王局长："王局，问你个事。"

"说吧。"

"有次我在滆城宾馆和朋友一起吃饭，看到您和李宗平俩人在包厢，举止非常亲密……"

"看样子你已经发现了问题！"

"信勇，我会去检察院坦白一切。"

完

如果我掉进了水里，而你又不会游泳，你还会救我吗？

——结尾词